私のスポットライト

林真理子

ポプラ文庫

他のみんなってイトコとどうつき合ってるんだろ？

本当のきょうだいみたいに仲がいいっていうコもいるだろうし、めったに会わないっていうコもいると思う。

平田彩希《ひらたさき》の場合は〝ビミョー〟というのがいちばんあたっているかもしれない。そんなに気が合うわけじゃないけど、仲よくしてなきゃならない相手。ちょっとめんどうくさい。しかも相手が同い年だったら、それだけじゃない。イトコの山崎美冬《やまざきみふゆ》は、とても可愛い顔をしていてスタイルがいいのだ。私立の女子中学に通っている。そんなに成績はいいわけじゃないけど、お嬢さんっぽいコが行くと言われている学校だ。制服はなかなかおしゃれで人気がある。

彩希のうちでは、最初から私立へ行くという選択はなかった。

「すっごくいい進学校ならともかく、美冬ちゃんの行く学校くらいだったら、ちゃんとした公立で充分よ」

と彩希のお母さんは言ったものだ。

「もともと玲子《れいこ》はミエっぱりのところがあるから」

玲子というのは美冬の母親で、彩希のお母さんのふたつ年下の妹だ。姉妹はすごく仲よしで娘を産んだ年も一緒。四人で撮った写真がいっぱいある。彩希と美冬がお揃いのベビー服を着ている。彩希は秋生まれで、美冬は名前どおりの冬生まれだった。幼稚園の頃までは、よくどっちかの家へ行って遊んでいた。

それがこの何年かは、昔みたいに仲よくしていない。というのも美冬の一家が転勤を繰り返し、次第に遠い街に行ってしまったことと、あちらの方がお金持ちだということがはっきりしてきたからだろう。

美冬の父親は、地方銀行に勤めていたのであるが、ある時からオーストラリアだかカナダだかの銀行に移った。ここでお給料がぐんとよくなって、美冬も二人の弟たちも全員私立の学校に行けるようになったという。

だけど彩希のお父さんは、相変わらず小学校の教師をしている。貧乏ということもないけれどお金持ちということもない。お母さんはよく彩希と高校一年生の兄に向かって、

「うちの事情をよく考えてね」

と言う。家のローンも残ってるし、離れたところに住んでるお祖母ちゃんへの仕送りもある。だから大学へ行くなら国立か公立よということだ。

まあ、そんなことはどうっていうことない。彩希のうちはまぁまぁ仲がいいし、幸せなふつうのうちといってもいいだろう。だけどたまに美冬のうちと一緒になることがあると、彩希はちょっとびっくりする。

このあいだ、親戚のおねえさんの結婚式に出た時のことだ。彩希や兄は学校の制服で出席したのに、美冬はおしゃれなワンピースを着ていた。紺色のベルベットで出来ていて、衿のところにふんわりと毛皮がついている。髪を大人の人みたいにアップにしていたが、とてもよく似合って、美冬はお嫁さんの次くらいにみんなにちやほやされていた。

「美冬ちゃん、可愛くなって。まるでモデルさんみたい」

「芸能界にスカウトされたりしないの」

彩希から見ても、美冬は本当に可愛く大人びていて、とても同い年の中学一年生には見えない。眉もちゃんと整えていて、色つきリップどころか、ほんのりチークも入れてマスカラもしていたのだ。

母親たちは姉妹だから顔がよく似ている。それなのにイトコの美冬と、どうしてこんなに差がついてしまったんだろうかと彩希は考える。考えるのはそんなにイヤじゃない。考えるということは、自分のことをちょっとひいて見るということだ。みじめになったり悲しくなったりするより、この方がもっと面白い。

兄からは、

「お前ってブサイクとまでは言わないけど、まあ、ケナゲに生きてけよな」

としょっちゅうからかわれるレベルだ。目も鼻も小さくてあまり印象に残る顔ではない。まあ、中の中というところだろう。

それなのに美冬は、二重の目がほどよい大きさで鼻もすっきりしている。母親たちが姉妹ということは、父親の差であろうか……と、彩希は同じテーブルに座る美冬の父親を眺めた。彫りが深めだがハンサムではない。どちらかというとちゃらい感じである。が、それが母親の顔とうまくミックスされて美冬の顔が出来上がったんだ……、と彩希はぼんやりと考える。こういうのもわりと嫌いじゃない。自分のことを面白がっている自分が好きなのだ。

しかしお母さんは違っていた。披露宴の帰りの車の中で機嫌が悪い。

「玲子ったら、急に派手になったのよねえ」

美冬のうちのワルグチを言い始めた。

「ユタカさんが転職してお金まわりがよくなったもんだから、美冬ちゃんにあんな派手な格好をさせてどうかと思うの」

「いいじゃないか。すっごく似合ってたしさ」

車のハンドルを握りながらお父さんは言った。

「美冬ちゃんすっごい美人になるなァ。今日もタレントさんみたいだったし」

「そうだよな、オレもびっくりしちゃったな、このあいだまで、ピイピイ泣いてたお子ちゃまだったのにね」

兄まで加わったので、お母さんの景子《けいこ》はふんと鼻を鳴らした。

「娘をあんなうちから派手にしちゃダメ。うちは地味でいくからね。わかったわね」

彩希はちょっとイヤーな気分になる。ジミという言葉、今までだって何度も言われてるからな。学校で。

「平田さんってジミよね」

と石川莉子《いしかわりこ》から言われたのは、いつだったろうか。莉子たちは、自分たちのグループ以外の女の子を呼ぶ時は、必ず〝さん〟をつける。自分たちは〝リコ〟とか〝ユキリン〟とか〝ナミッチ〟とか呼び合ってるけど。そうだ、思い出した。春の運動会のクラス写真が貼られた時だ。一年女子のダンスのスナップ写真だった。一列めは誰だかわかるが、三列めは顔が小さくてよくわからないと昼休みに莉子たちがキャッキャッ眺めていた。

「えーと、左側がユキリンでしょ、真ん中が佐藤《さとう》さんだよねぇ……でも右の子、誰だかわかんない。顔が斜めだし」

「これ平田さんじゃん」

「あー、そうか、でもよくわかんない」

莉子が言った。

「ほら、平田さんってジミだから」

ここでむっとしたりしたら、とてもじゃないが一年B組のメンバーなんかやってられない。いや、今どきの中学生なんか、と言った方がいいかもしれない。

彩希の通っている中学は、イジメはないことになっている。確かにひどいイジメはないし、男の子の暴力も見たことはない。けれども二年生には不登校になっているコが二人いるというし、一年生の中にもずうっと保健室から出てこないコがいる。みんなギリギリのところで、こっち側にとどまれるように頑張っているのだ。

莉子は似たようなコたちとグループをつくり、クラスの中で〝一軍〟として君臨している。彼女たちの共通点というのは、成績も良くて顔もそこそこ可愛いところ。気が強くて出たがりのところもそっくりだ。彩希たちは、莉子たちとかかわり合いを持たないように、目立たないようにという思いで共通しているグループである。顔も成績もふつうのコたちが多い。だけど彩希はこのグループが気に入っている。思っていることを何でも言えるし、みんな結構口が悪くて面白い。このグループの一員ということで、彩希の毎日はどんなに楽しく心強いものになっていることだろう。

いつか生物の時間に、うんと小さい魚がカタマリになって、大きな魚のように見せている写真を見せられた。

「こうやって小魚は群れをつくって敵から身を守るんです」

と教えられ、まるで自分のことみたいだと思った。奈々《なな》や桃香《ももか》、沙美《さみ》たちといるからこそ、自分はそんなにイヤなめにあうことはないんだろう。

川井《かわい》さんなんかひとりだから可哀想だ。いつもぺらぺら喋って、みんなを笑わせようとしてるけど、たいていはずしてる。ウザいのカタマリみたいなコなんだけど、莉子たちは意地が悪いので、時々は仲間に入れたふりをする。

するると川井さんは舞い上がってしまい、めちゃくちゃはしゃぐ。すると不意に仲間はずれにするんだ、莉子たちは。

たとえば土曜日の午後にカラオケに行こうと言い、川井さんをすっかりその気にさせた後、

「やっぱり宿題あるから」

と直前にやめてしまう。LINE《ライン》のグループだって入れてやったり、外したりするのはしょっちゅうみたいだ。川井さんは莉子たちに好かれようと、涙ぐましいぐらいいろんなことをしている。宿題を見せてあげたり、ジュースを自動販売機に買いに行ったり……。

「ねぇ、ねぇ、聞いて。うちの親ってマジサイテーなの」

親ネタで笑わせるのもしょっちゅうだ。そういう時の川井さんを彩希は見ないようにしてるけど。

土田《つちだ》さんもひとりでいつも本を読んでる。このコは「クラい」ということで無視されている。森《もり》さんもリアクションがちょっと変わっているから、友だちがいない。

ひとりでいる人たちは、いろいろなことにひとりで立ち向かっているんだろうけど、彩希には出来そうもない。学校でグループという居場所がないなんて、そんなつらいことには耐えられそうもなかった。

彩希たちのグループは、莉子たちのグループの言いなりにはならないけど、逆らわないようにしている。この加減がとてもむずかしいんだけど。

学園祭が近づいてきた。クラスごとに演し物《だしもの》をするということになった時、

「コントっていうか、劇しませんか」

と言い出したのは、莉子たちのグループの一員、ユキリンこと棚橋由季《たなはしゆき》だ。

「ダンスとか歌だと他のクラスもやると思うんですよね。だから私たちは、劇やったらどうですか」

「賛成ー」

いつものように莉子たちが賛成する。こういう時男の子たちはとてもおとなしい。いてもいなくても同じだ。仕方ない。中一の彼らはまだ本当に幼く、女の子たちと成長のスピードが違っている。まだ小学生といってもいいくらいだ。

「私、テレビドラマのパロディとかはやめて、ちゃんと脚本つくってやるべきだと思うんです」

「賛成です」

莉子たちが声をあげ、彩希は桃香と目くばせする。

「どうせ自分たちで何もかもやるんでしょ」

実際そのとおりで、リーダーが莉子、脚本が由季とてきぱきと決められていく。ほとんどが莉子のグループだ。

「出る人って、誰が決めるの」

初めて男子が口をはさんだ。クラス委員長の大西《おおにし》君だ。成績がいいのと背が高いのとでみんなからいち目《もく》置かれている。

「それは私と棚橋さんとで決めるの」

リーダーとなった莉子が言った。

「それだと、出たくない人はイヤだし、出られない人もイヤかも」

「じゃ、どうすればいいの」

「脚本出来たらさ、この役やりたい人って募集すればいいじゃん」

「そうだね」

由季はちょっと不満そうに頷いた。こういう時大西君の力は強い。クラスでたった一人の男子という感じがする。

「じゃ、金曜日までに棚橋さんが脚本書いてきてくれるそうですから、配役はそれを見て、やりたい人は申し出てください」

「またテレビ見てる」

　とお母さんが怒鳴った。

「彩希ちゃんって、どうしてそんなにテレビばっかり見てるの」

「私、ママの嫌いなバラエティ見ないもん、ドラマだけだもん」

「似たようなもんじゃない」

「全然違うよ」

　バラエティは、お笑い芸人たちが好き勝手なことを喋ったり、おいしいものを食べたりするだけだけどドラマは違う。脚本というものがあり、ストーリーがつくられ、それに沿って俳優たちが演技をする。すごく面白いドラマと、すごくつまらないドラマがある。その違いはなんだろうかと彩希は考える。脚本が良くなかったり、俳優がヘタだったりと、その理由はいくつもある。それを探すのが彩希は好きだ。

「謝ったりする時、どうしてこんなセリフになるんだろう」

　人は心から謝罪する時、こんなことを口にしないし、こんな表情をしない。

「脚本は私が書きたかった」

　と心から思う。どうしてあの時手を挙げて、

「ハーイ。私にやらしてください」

って言わなかったんだろう。だけどそんなことが出来るわけがない。とにかく目立たないように、というのが彩希たちのグループの掟なのだから。

その夜メールが来た。桃香からだ。ビックリマークが並んでる。

「大ニュース!! 棚橋が大西にコクって、うまくいったんだって!!! そうしたら石川がめちゃくちゃ怒った。石川莉子って前から大西のこと好きだったみたい」

「えー! マジで」

と返した。

「でも、すっごく面白い三角関係だね。あの女二人気強いから」

「それがね、石川は棚橋の芝居、めちゃくちゃにしてやるんだって。勝手なことして許せないって」

その後もメールでやり合ったが、いずれにしても自分にはまるで関係ないことだと二人は締めくくった。もともとお芝居は莉子たちのグループのものだ。応募していいと言ったけれど、自分たちが好きなようにするに決まっている。莉子と由季とがたとえケンカをしたとしても、劇はやることになるだろう。

金曜日のホームルームに、コピーした紙を綴じたものが配られた。「ミツコ」とある。

「『貞子』の真似じゃねぇか」

と男子が騒いでいる。

「えーと、聞いてください。二十分ぐらいの劇です。これってイジメがテーマなんだよ」

由季が説明する。なんでもアメリカの古い映画をTSUTAYAで借りて、それを下敷きにしたという。

「ミツコってすごくみんなからいじめられるんです。あまりにもいじめられるから超能力を持って、クラスのみんなを殺していくんです」

「すっげぇーこわそー」

「そんなのヤバくね」

彩希はプリントをめくる。ミツコという中学生は、ブスで性格も暗い。クラスの嫌われ者だ。みんなはミツコをからかおうと計画をたてる。学園祭で「ミス泡川《あわかわ》中学」に選ぶのだ。泡川中学というのは、彩希が通う中学の名前だ。つまり本当の学園祭と劇の学園祭とを重ねたのだ。

もちろんミスに選ばれたのは、みんなの悪巧みだ。表彰台に立ったミツコの上に豚の血が流れていく。ひどい悪ふざけにあったミツコはギャーと叫ぶ。その時超常現象が起こり、まわりで笑って見ていた生徒たちは、みんなもがき苦しみ死んでいくという、かなり残酷な筋書きである。

「こんなの芝居にしていいの」

大西君が由季に聞く。気のせいか声の調子がとても優しい。

「先生たちに怒られるんじゃない」

「どうしてですか。この劇を通して、イジメが人をどんなに傷つけるかってことを訴えていくんです」

由季もじっと大西君の顔を見ながら答え、あの噂は本当だったんだと彩希は思った。

「だけどこの役誰がやるんだよ。すっごくおっかない役じゃん」

ミツコのことだ。

「それに演技力が要求されます」

由季がどこかで聞いたことがあるような言葉を口にした。

「それじゃ立候補ということでお願いします」

リーダーである莉子が立ち上がる。由季の方を見ない。

「この主人公のミツコをやりたい人？」

女の子十五人、誰も手を挙げた者はいない。

「それじゃあ、私が決めてもいいですか」

莉子が言い、クラス全員が頷いた。彩希は桃香と小さく頷き合う。

「どうせさ、あの人たちで勝手にやるんだもんね」

ミツコか、見るのは面白いかもしれない、イジメに遭った女の子の復讐劇だ。

「私、平田さんがいいと思います」

莉子が言った。

「平田さん、本を音読するのは、すっごくうまいし、いい声だし、ミツコ役にぴったりだと思います」

ちょっと待ってよと彩希は叫んだが、言葉が喉のへんでひっかかってうまく出てこない。あんた、何企《たくら》んでんのよ。わかった、由季のお芝居めちゃくちゃにしようと、私を選んだんだ。土田さんとか川井さんみたいに、ひとりの〝はぐれ者〟だと目立つから、一応グループ入ってるしちゃんとしてる、しかもジミな私を選んだんだ。女同士のケンカに、私を巻き込んで欲しくない。本当にどうしたらいいんだろう。

おかしなことになってしまった。

本当ならば、気が強くて目立つグループの女の子の、誰かが演じるはずだった。それなのにその中の一人が、人気者の男の子に告白したために内部分裂を起こしてしまったのだ。だから自分たち以外のグループの女の子を主役にして、脚本を書いた由季を困らせようとする計画を考えたのだと、仲よしの桃香は言ったけどさ、どうして私に主役がまわってくるの？　なんで？　私が目をつけられるの？

「そこがさ、あのコたちのグロいとこじゃん」

と桃香は言う。グロい、というのはもちろん、「腹黒い」ということ。

「川井とかさ、土田を主役にすれば、もろイジメっていうことになるじゃん。先生からも注意されるよ。どうしてですかって」

川井さんとか土田さんというのは、いつもクラスの仲間はずれになっている女の子たちである。川井さんはどうにかして、莉子や由季たちの〝一軍〟のグループに入ろうと、痛々しい努力を続けている。みんなを笑わせようとしたり、宿題だって見せてあげてる。だけどそういう下手《したて》に出てることでいっそう彼女たちから嫌われているのにまるで気づいていない。いや、気づいているんだろうけど、他にやり方がわからないからそう続けていただけなんだ。

そこへいくと土田さんはいっそすがすがしいかもしれない。「クラくて不思議ちゃん」というキャラを守ってずっとひとりでいる。昼休みも給食を食べ終えると、ひとりで本を読んでいるか図書室へ行く。彩希にはとても出来ないことだから、心の中でちょっぴり尊敬している。が、いずれにしてもこの二人が、クラスからつまはじきにされていることは変わりない。だからこういうコを主役には出来ないのだと桃香は解説する。

「そこいくとさー、彩希は、ま、すれすれわかる、っていう感じ。国語の音読確かに上手だしさ……そう言われれば、そうかっていう感じじゃん」

「だけど、私、劇なんかやったことないよ」

「みんなそうだよ」

「それにさ、棚橋の脚本でやるって気がすすまないしさ」

「本当はさ、石川が主役やりたかったに決まってるじゃん。あのコさ、目立つの大好きだもん。リーダーやりますって、まっ先に手を挙げるコだよ。あのコがリーダーやって主役もやるつもりだったのにさ、棚橋が大西にコクってうまくいったもんだからさ、アッタマきてんだよね。面白くね？」

「面白いけど、私、やだよ、あのコたちのケンカに巻き込まれるのはさ。私、主役なんか絶対にイヤ」

「いいじゃん、いいじゃん。これでさ棚橋と石川がうまくいかなくなったら面白いじゃん。あのコたちさ、すっごくいい気になってたんだから。これでさ、劇がイマイチになったら、あのグループもまっぷたつだよね。いいじゃん、いいじゃん」

桃香と二人でこそこそ話していたら、そこに棚橋由季がやってきた。いつもこの時間だったら、石川莉子や棚橋由季のグループは、教室の真ん中に陣どってキャッキャッやっているのに、今日は二人がいる廊下にやってきたのだ。

「ねぇ、平田さんのＬＩＮＥ、教えてくれない？」

「えー、私、ＬＩＮＥやってないし」

「えー、スマホでＬＩＮＥやってない人なんて初めて知った」

「お父さんがダメって言うから……」

彩希のお父さんは、小学校教師をしている。他のことは優しいのに、ケイタイやパソコンのことになると結構うるさい。ケイタイだって中学生になるまで持たせてくれなかったし、使う時間も夜九時までと決められている。

「ふうーん、厳しいんだね」

と由季はちょっと唇をすぼめた。リップクリームを塗ったややアヒル口の唇。由季は男の子にとても人気がある。短いスカートから伸びた脚もまっすぐで綺麗だ。これなら大西君とうまくいくのもあたり前だろう。

「それなら、メルアド教えてよ。脚本、出来上がった分から送るから」

「あ、棚橋さん、そのことだけどさ」

めんどうくさいことになったな、と思いながら、彩希は語りかける。本当ならばかかわりを持つはずもない相手だったのに……。

「やっぱりさ、劇の主役、ムリだわ」

「えっ、どうして」

「私、そういうタイプじゃないし。目立つこと嫌いだし。だいいち劇なんかやったことないし」

「みんなそうだよ。それにさ、平田さん、国語の教科書読むの、すごくうまいじゃん。『走れメロス』読んだ時なんかさ、しんに迫っててじーんときちゃった」

桃香からも音読がうまいと言われた。本当にそうなんだろうか……。

「でもさ、教科書読むのと、劇するのとはワケが違うじゃん。私、全然自信ないし……」

「だったらさ、決まった時にそう言えばいいじゃん。ホームルームの時にさ」

「……」

それはそうかもしれなかったが、あの時はあまりの驚きにあっけにとられていたのである。

「それをさ、今頃文句言うなんてすっごくヘン。平田さんって、責任感ってものがないワケ」

彩希は再びあっけにとられる。どうして由季にこんなにキレられなくてはならないんだろうか。

「とにかくクラス全員で決めたことだから、ちゃんと守ってください。それから、来週からお稽古しますから、ちゃんと残ってくださいい」

「でも、私、クラブが……」

「平田さんは旅行研究会でしょ。運動部じゃないから別に休んだっていいんじゃないですか」

そう言ってさっさと行ってしまった。

「マジーっ!?」

彩希は桃香と顔を見合わせる。

「すっごい剣幕。どうしてマジギレされるワケ？」

「棚橋焦ってんじゃね。石川莉子の意地悪がそろそろ始まったんだよ」

桃香はひとり頷く。

「ここはおとなしくさ、劇やってあげなよ。ここで彩希が役降りたらさ、石川の思うツボだよ。あの人たち、この劇やめさせたいんだから。そしてさ、棚橋の方も彩希のことを恨みに思うよ」

（そんなのアリ!?　私、いったいどうすればいいのよ）

「だからさ、適当にやればいいじゃん」

桃香はけろっとした顔で言う。

「ここはさ、ことを荒立てないようにさ、とにかくやってやればいいじゃん。ものごと荒立てないようにするのが一番だよ」

「そうかな」

「そうだよ。グロいもの同士はやっぱりツルむもん」

適当にやればいいじゃん、と桃香に言われたけれども、それはやっぱりイヤだと彩希は思う。勉強はいつもお母さんに怒られる。

「こういう適当なことばっかりやってるから、いい点がとれないのよ」

漢字テストも、ハネたり、棒を一本忘れたりでいつも減点される。もうちょっときちんとすればいい点がとれることぐらいわかっているけれども、いつもどこかで彩希は力を抜いてしまう。だから成績はいつも中の下ぐらいだ。

それなのに今回のことだけは、絶対に適当なんてイヤだ。劇の主役というのは一番目立つすごい立場なんだもの。

学園祭の演し物はいつも体育館でやる。見る人だけ来ることになっているから、人気のないコーラスとか、研究発表はいつも観客がまばらだ。彩希のクラスの劇もそう人気があるとは思えない。しかしやっぱり適当にやりたくはない。劇をやるからには。

「やっぱしさ、平田彩希みたいなジミなコに主役やらせるからこんなことになるのよ」

石川莉子の声が聞こえてきそうだ。

彩希はスマホに送られてきた、由季の脚本を読む。冒頭のシーンはこんなセリフだ。

「あの……私の上履き、誰か知りませんか」

この後「男子A」がこう答える。

「お前の上履きなんか知るかよ」

そうだ、そうだと大勢の声が続く。

するとミツコはこう言うのだ。

「誰かが隠したんでしょ。どうしてそんな意地悪をするの……」

声に出してみる。

「あの……私の上履き、誰か知りませんか」

きっぱりとした調子で言ってみた。なんか違うような気がする。ミツコってもっといじいじした、いじめられキャラかも。

「あのう……私の上履き誰か知りませんか……」

うんと弱々しい声にしてみた。いかにも泣きそうな感じ。

その時、トントンと部屋のドアがノックされた。

「彩希どうしたんだ」

お父さんの義郎《よしろう》だった。

「風呂行ったら、お前の部屋から話し声が聞こえたけど、健司《けんじ》はテレビ見てるし」

健司というのは彩希の高校生の兄だ。

「誰かとケイタイで話してるのかと思ったけど、それにしちゃ様子がヘンだし」

「これだよ。劇の練習してたんだよ」

彩希はお父さんにスマホの画面を見せた。どれどれと顔を近づける。眼鏡がないとよく見えないようだ。

「へえー、劇か。なになに……上履きを隠されてんのか。これってイジメをテーマにした劇か」

小学校の教師をしているお父さんは、やはりこうしたことに興味があるらしい。

「イジメくらいならいいんだけど、これさ、かなりエグいよ。最後は超能力でいじめたみんなを殺すんだから」

「へえー、今の中学生は過激なことするなあ」

お父さんはスマホを見ながら、彩希の勉強机の椅子にごく自然に座った。いつもだったらそんなことをされたらイラッとするのだが、今はそんなでもない。眼鏡をはずしてパジャマ姿のお父さんは、間が抜けて見える。太ってるからぬいぐるみみたいでちょっとだけかわいい。

「それで彩希の役は何なんだ」

「そのミツコって役。一応主役」

「へー、すごいじゃんか」

お父さんがしんから感心した風に言ったので、彩希はちょっと恥ずかしい。

「なんかそうなっちゃったワケ。私ってさ、音読がうまいらしいんだ」

「音読がうまいってことはすごいことだよ。本の内容がわかってなきゃ出来ないことだ」

「そうかな」

照れた調子についこんなことまで口にしてしまった。

「でも、劇ってむずかしいよね。音読とはまるで違う。もっとさ、感情を込めなきゃいけないいんでしょ」

「そりゃそうだな。彩希たちのレベルだとまずしなきゃいけないのは、大きな声ではっきり言うこと。教室での音読とはまるで違う音量が必要なんだ」

「ふうーん」

「彩希、ちょっと立ってごらん」

ベッドの端から立ち上がった。お父さんも椅子から立つ。

「今から腹式呼吸っていうのはすぐには無理だから、とにかく大きな声を出す。こう大きく口を開けてはっきり。アエイウエオアオ……カケキクケコカコ……」

「ア・エ・イ・ウ・エ・オ・ア・オ」

「そうだ、その調子、サセシスセソサソ」

「サ・セ・シ・ス・セ・ソ・サ・ソ」

ドアがノックもなしに開いた。お母さんだ。

「ちょっと今、何時だと思ってるの。ここは山の中の一軒家じゃないんですよ」

確かにそうだった。マンションの両隣はどちらも年とった夫婦で、真上は小さな赤ちゃんがいるうちだった。

「それじゃ、明日の夜、公園で特訓やるか」

お母さんがドアを閉めた後、急に小声になったお父さんが言う。

「うん、いいよ」

「お父さんがその脚本、見やすいようにパソコンでプリントアウトしてやるよ」

「サンキュー。でもパパって、どうしてそんなにお芝居のこと知ってんの」

「別に知ってはいないけどな、これでもお父さん、学生時代演劇部だったんだ」

「ウッソー!」

本当に驚いた。彩希の知っているお父さんは、ちょっとはげてて太っている、典型的な中年のおじさんだったからだ。

「ねえ、ねえ、本当にテレビや映画に出ようとしてたワケ？」

「そういう芸能人めざしてたワケじゃなくて、舞台やってる集まりだったんだよ。お父さんは最初は裏方で入ったんだけど、役者が足りなくなるとチョイ役で出たりした」

「楽しかった？」

「あぁ、そりゃな」

お父さんはにっこりと笑った。彩希が今まで見たこともないような笑顔だった。

「あまりにも楽し過ぎてさ、大学を一年留年したぐらいだったんだ」

「ウッソー！」

「そしたら、お祖母ちゃんが怒ってえらい騒ぎだったんだ。あんなに怒られなかったら、お父さん、あのままどこかの劇団に入ってたかもしれない」

「ええー、なんかすごい話じゃん。もしかするとお父さん、俳優さんになってたかもしれないんだね」

「いや、いや、やっぱりプロの俳優になるなんて無理な話だったと思うよ。だけどさ、学生演劇っていうのは、ハマるとめちゃくちゃ楽しくて、他のことは目に入らなくなってくる。ああ、学生時代のいい思い出だ。だから彩希が劇をやるって聞いて、お父さん、ちょっと嬉しいんだ。だからお父さんの早く帰った日は、ちょっと二人で稽古してみようか」

「うん」

彩希は大きく頷いた。

公園のすべり台の下で、お父さんは言った。

「いいかい、舞台っていうのは観客に見られてるんだ。だからまずしなきゃいけないのは、その人たちにお尻を向けないこと。彩希の顔をちゃんと見てもらうこと」

「わかった」

「それじゃ、まず最初のシーンからやってみようか」

「うん」

でもかなり恥ずかしい。夕方の公園はほとんど人がいないけれども、犬を連れているおばさんと、鉄棒を使って子どもを遊ばせているお父さんがいた。

「ここでやるの？」

「そうだよ」

大きく息を吸った。

「あのう、私の上履き、誰か知りませんか」

セリフを言いながら歩き始める。五、六歩歩いたところでストップがかかった。

「ねえ、彩希。このミツコはどんな風にこの教室に入ってくると思う」

「わかんない」

「駄目だよ。考えてごらん。すごく怒って入ってくるのかな」

「違うと思う」

怒ったりするクラスメイトなんか見たことがない。そんなことをしたら終わりだとみんな知っているから。感情を爆発させることなんか絶対にない。みんな自分の気持ちをうまく抑制しながら、クラスメイトたちとつきあっているのだ。あの川井さんにしてもそうだ。石川莉子たちは意地悪をして、ディズニーランドに行く約束をしたのに、川井さんだけ残してすっぽかした。約束の時間に川井さんは、ちゃんと新宿駅に行ったんだ。聞いたところによると南口で二時間待っていたらしい。それなのに月曜日の朝、川井さんはまるっきり怒らず、莉子たちに、

「おはよー」

と声を出して言った。

「あー川井ちゃん、ごめんね。土曜日さー、やっぱりみんなの都合がつかなくてさ、行かないことにしたんだ。ごめんねー。LINEで連絡しようとしたんだけど、うまくつながらなかった」

莉子がクラス中に聞こえるように大きな声で言う。自分たちは川井さんをいじめる権利があると信じているのだ。

「あー、平気、平気」

川井さんは大きく手をふる。

「私もねー、お腹痛くなって、行くのどうしようかって思ってたから」

「それなら、よかった」

あのわざとらしい莉子の笑顔。

そうだ、このミツコも怒ったりはしない。おずおずと教室の中に入ってくるんじゃないだろうか。でもおずおずって、どういう風に表現すればいいの。

「ゆっくりめに。ちょっと猫背になってみようか」

お父さんは言った。

「こんなふうに……」

「そうだよ。そして小さい声で、私の上履き、知りませんか、って言うんだ」

「えー、だってパパ、言ったじゃん。劇はまず大きい声を出すことが大切だって」

「そうだよ。大きなはっきりした声で、かぼそい声を表現するんだ」

「そんなのむずかしいよ」

「そうだなあ……どう言ったらいいんだろう。大きな声を出すのは基本だけど、それを声色でいろいろ使い分けるんだ」

そんなむずかしいこと言われてもわからないよと、彩希は夕暮れの公園に立ちすくんでしまう。

だけど決して嫌な気分じゃない。なんかわくわくして楽しい。お父さんがまるで違う人みたいに思えるのも、すごく嬉しかった。

彩希はちょっとびっくりしている。

学園祭が近づくにつれて、男の子たちが協力して舞台装置をつくり始めたのだ。

先生が準備委員を決めたこともあるけれど、何人かの男の子たちが率先してやり始めた。リーダーになっているのは大西君だ。

「オレ、わりとこういうのは好きなんだ」

と、段ボールを切ったり組み立てたりする。ミツコが泣き叫び、超常現象が起こるところでは、男の子たちが集まっていろいろアイデアを出し合った。

誰かがサーチライトを借りてきた。それを彩希の後ろから照らすようにするんだそうだ。映画だと上から豚の血が落ちてくることになっているが、赤いテープで代用することにした。

「だけどさ、もっと何か起こしたいよなー」

「スモークたくっての、あるじゃん」

「そんなのどこに売ってんだよ」

「あれはドライアイスでいいんじゃねぇの。あれならさ、近所の配送工場で分けてもらえると思うよ」

「それに青いライトを照らせばいいよ。セロファン貼ってさ」

学園祭の前というのは、下校時間を守らなくても大目に見てもらえるものだから、みんな外が暗くなっても、教室の後ろでいろいろ組み立てたりしている。

彩希たち演技する者は工作室を使うけれども、時々は打ち合わせをしたり、お互いを見に行ったりする。

「最後のシーン、ミツコがガウンとか着てた方がよくね」

「そう、そう。その方がミスコンっぽいじゃん」

「うちの姉ちゃん、確か派手っちぃガウン持ってたから借りてきてやるよ」

それはとても楽しい時間だった。みんな最初は学園祭のお芝居など興味がなさそうだったのに、こうして本番が近づいてくると一致団結するのだ。時々は誰かが家から飴やクッキーを持ってきて分けてくれる。それを頰ばりながら彩希は桃香に言った。

「うちのクラスって、わりといいクラスじゃん」

「まあね。石川とかがいなかったらね」

石川莉子は、棚橋由季と大西君とが仲よくなったのが気にくわないらしい。いっさい手伝おうとしなかった。陰でいろいろ悪口を言っているのも聞こえてくる。

「あんな劇やったって、面白いわけがないし、いったい誰が見るの」

そうかもしれない。主役をやるのは、ジミな自分だ。校内で有名な美少女でも、読者モデルをしているとかいう評判のコでもない。棚橋由季の書いた脚本は、あっさりとしすぎていて筋をなぞっているだけだ。それでもいいと彩希は思う。みんなで力を合わせて、ひとつのものを創り出すというのはなんて楽しいんだろうか。

お父さんの義郎が学生時代、演劇にはまっていたと聞いたばかりだが、なんだかわかるような気がしてきた。

「あのさ、最後のシーンは、クラス全員で参加してほしいんだよね」

脚本を書き、いつのまにか演出のようなことをしている棚橋由季が言った。

「ほら、最後にミツコが、あなたたち全員許さない。みんなひどいめにあえーって叫ぶじゃん。そしてさ、舞台が一瞬暗くなって、ミツコの後ろからサーチライトがパーッとあたる。それで青いスモークがもくもく出る。その時、クラス全員がひとりひとり悶え苦しみながら倒れてほしいワケ」

「ふーん、すっごくウケそう」

「だけどね、全然協力してくれない人たちがいて……」

由季はため息をついた。石川莉子たちのことを言っているのだろう。このあいだまで同じグループで仲よくしていたのに、ちょっとこじれるとこんなものだ。

この原因となったのは、由季が抜け駆けして大西君に告白したという噂である。

見ていると脚本兼演出の由季と、大道具小道具担当の大西君とは、しょっちゅう二人で何やら話し合っている。時には由季がキャッキャッと笑い声をたてたりすることもある。

「あんな風にロコツにするとさ、ムカつくコも多いんじゃね？」

と桃香はささやくけれども、彩希はちょっとホッとしているところがある。それは心のどこかで、

「大西君がこんなに一生懸命やってくれているのは私のせいかも」

と考えていたからだ。しかしそれは間違いだとわかる。大西君は仲間はずれになっても脚本を書いた由季のために、こんなに頑張っているのだ。

しかし日を追うごとに、それもちょっと違うかもと思うようになった。それは四日前に、大西君が、

「やっぱり背景をつくろう」

と言い出したからだ。

「ほら、最初の教室のシーンは、ただ机と椅子を並べればいいと思うよ。だけどさ、最後はさ、ミスコンっていう設定じゃん。だからさ、人の顔とかをいっぱい描いた方がいいじゃん」

「だけどそんなのめんどうくさいよ」

「どうってことない。段ボールにケント紙貼ってさ、それに背景の人の顔描けばい

いんだもん。太田とか遠藤とか絵を描くの好きだから、オレ、ちゃっちゃってやっちゃうよ」

そんな時の大西君は、とても頼もしくてやさしい。クラスの男の子たちの中で群を抜いて早く、顎の線がシャープに、大人の顔になっている。

そういう大西君を素敵だなァと思うけれども、好きになることはない。人気者の大西君は、やっぱり由季レベルの女の子しか釣り合わないと彩希は思うからだ。

「平田……」

不意にシャツ姿の大西君から声をかけられた。

「劇、頑張ろうぜ。校長賞もらおうな」

「うん」

何気なく頷いたが、心臓がドキドキした。男の子に「頑張ろうぜ」と言われたのは初めてだ。それは女の子からの「頑張ろうね」とはまるで違う。「男の人」という感じがした。男の人が自分を励ましてくれているのだという気がする。

そして芝居の稽古をするために工作室に入っていくと、友人役の岡田陽菜《おかだひな》が寄ってきた。

「ねぇ、ねぇ、大変」

「どうしたの」

「石川たちってばさ、ＬＩＮＥでみんなに言ってるんだよ。劇に出るのやめようって」

それは最後のいちばん重要なシーンだ。いじめ抜かれたミツコは、自分に隠されていた超能力をはなつ。それによってクラスの大多数は、悶え苦しみ倒れていくというクライマックスである。

「そんなのバカバカしくてやってられない。何もさ棚橋が仕切ってるお芝居、協力してやることないってさ」

「そんなのないよ。最初にクラスで決めたじゃん。お芝居やろうって。そして脚本は棚橋が書くって」

「たぶんさ、棚橋が大西君といちゃついてるの見て、石川のやつアタマにきたんじゃないの」

「そんなの、おかしいよ。お芝居と関係ないじゃん。自分がやらないならともかく、やらないようにみんなを誘うなんて」

何て言うんだっけ。こういうの。そう卑劣。

漢字だって書ける。前からわかってたけど石川莉子はすごく卑劣だ。自分の気にくわないことがあると、仲間に呼びかけて邪魔をするのだ。

その時、戸が開いて由季が入ってきた。目が真っ赤だ。泣いている。おそらくこのボイコットのことを知ったのだろう。陽菜が話しかけた。

「棚橋さん、大丈夫だよ。クラスの女の子十五人中、石川さんの言いなりになるのは八人だよ。七人いれば大丈夫だよ」

「だけど……平田さんは主役だし、陽菜ちゃんはイジメを止める役なんだから、苦しむシーンには出てこない。だから五人しか女子はいないんだよ」

「だけどさ、男子は全員出てくれるよ。みんな面白がって悶える練習してたもの」

陽菜は必死になぐさめていたが、由季はまだしくしく泣いている。きっとこの前には、大西君のところで同じことをしてきたんだろうなと彩希は思った。

「この劇はさ、ミツコが女の子たちにひどいイジメを受けるのが大切なんだよ。それなのに五人しか出てないなんて、クライマックスにならないじゃん……」

「じゃあ、どうすればいいワケ」

彩希は自分でもびっくりするくらい大きな声が出た。

「女の子ひとりひとりに連絡して、どうか出てって言うの？　そんなことしたってムダなことはムダ。頼んできたってことでさ、あっちがすごくいい気になってまた言いふらすんだよ。そんなこと、棚橋さん、よく知ってるじゃん」

なんかすごい。このあいだまでクラスの〝一軍〟のメンバーだった由季にこんなことを言うなんて。だけどこんなことをしていても時間がもったいないと彩希は本当に思ってる。

「人数が少なくなった分、私も陽菜ちゃんも頑張るから、きっといい劇にするから。もうぐちゃぐちゃ考えるのよそう。ねえ、よそうよ」

最後はきっぱりとした声が出た。


小細工はしなくていいんだよ。学園祭の朝、お父さんは言った。

「へんな演技しようとか、うまく見せようとかしなくてもいい。ただ大きい声ではっきりと言うこと。それから舞台に上がると、人は緊張してかーっと早口になるから、ゆっくりと喋ること。それだけできればOKだよ」

祭日だが、お父さんは研修があって隣の県に出張しなくてはならない。だから劇は見ることができないが、そのかわりお母さんが動画を撮ることになっている。

「じゃ、彩希、頑張れよ。お前、いざとなると度胸があるから」

「サンキュー」

お父さんと玄関でハイタッチした。

今日は給食がないので、お母さんがお弁当をつくってくれた。彩希が頼んだとおり小さめのお握りだ。たぶんゆっくりとお昼を食べる時間はないだろうという予想どおり、学校に着くとすぐに工作室に集合だ。クラスのほとんどの子が集まっていた。

「一人、二人、三人……」

彩希はとっさに女の子を数える。驚いたことに女子は九人いた。その中にクラスのみそっかす土田さんが交じっているではないか。「クラくて不思議ちゃん」キャラのコだ。

「あっおはよう……」

彩希はおかしな挨拶をしてしまった。

「平田さん、ミツコ、頑張ってね」

「うん、ありがと」

「ミツコの役、私がやればぴったりだったのにね」

土田さんがにたっと笑った。そういえば仲よしの桃香は言ったものだ。

「このミツコの役、土田さんがすれば、本当のイジメっていうことで大問題だよ」

土田さんもそのことを知っていたに違いない。

お昼から「学園祭元気フェスティバル」が開かれた。彩希たちのクラスは六番めで真ん中あたり。その前に二年生のC組女子によるダンスと歌があった。

どう調達したのかわからないが、みんなお揃いの可愛い赤い衣装を着ていた。

「あれってみんなうちでつくってきたみたいだよ」

桃香が教えてくれた。

「絵理沙《えりさ》のお姉ちゃんがいるんだけど、あれを縫うの大変だったみたい。うちにミシンがないから、お母さんよそに借りに行ったんだって」

が、桃香の言葉はもう彩希の耳に届かない。自分の脚が小さく震えているのがわかる。

どうしてこんなことを引き受けたりしたんだろうか。主役だなんて、もとはといえば、石川莉子の意地悪から始まったことではないか。それなのになんかはずみでつい〇Kしてしまったのだ。

主役だって……。

悪いことばかり考える。セリフを全部忘れてしまったらどうしよう。転んだらどうしよう。最後のシーンで、豚の血に見たてた赤いテープがうまく落ちてこなかったらどうしよう。

幕が開いた。拍手が起こる。思っていたよりも観客がいるらしい。拍手の音が大きい。

まずは四人の同級生が話しているシーンだ。

「井上《いのうえ》ミツコって、チョーうざいよな」

「そー、クラスの中にいるだけでムカムカしちゃう」

「あいつって、クラスの害虫だよな」

「そうよ、そうよ」

ややぎこちないセリフが続く。

さあ、彩希の登場だ。右足を踏み出す。次は左足。暗い幕の陰からいきなりスポットライトがあたる。とても明るい場所に出る。舞台に立つということはこういうことなんだ。

「誰か、私の上履きを知りませんか……」

すらりとセリフが出た。大丈夫、ちゃんと声は出てる。

「お前の汚い上履きなんか知るもんか」

「そうよ、そうよ、知らないわよ」

「ソックスのままいればいいじゃんか」

「あっ、ミツコのソックスって穴が開いてる」

「キタない」

　みんなから囃したてられ、泣きながら退場するミツコ。そしてしばらく同級生たちの悪巧みを相談するシーンが続く。そしてミツコは、谷《たに》君という背の高い男の子と長く喋るシーンがある。谷君も選ばれて、かなりセリフの多い役になった。

「劇なんかやだ。幼稚園の時は泣いて逃げたくらいだ」

　と言っていたわりには、稽古に熱心で工夫のあまり、おかしなジェスチャーをつけるほどだ。

「ねぇ、井上さん。君〝ミス泡中〟コンテストに出てみないか」

「私がコンテストにですって」

「そうだよ。君は自分が考えているよりもずっと魅力的で、クラスの中には君のこと密かに好きだっていう男の子、結構いるんだぜ」

「それって本当?」

　この時、会場からわずかな笑いがもれて、彩希は緊張する。現実の自分と重ねてるんだろうかと、さっと体がこわばった。

しかしそうではないらしい。そうだ、もともと谷君が大げさな身ぶりをしたのだ。

「そうだ。さあ、勇気を出してコンテストに出てみよう。僕たちクラスのみんなが応援するよ」

そして谷君が去った後、かなり長いミツコの独白がある。

「私がコンテスト？　今の言葉、信じていいの？　私が魅力的な女の子だなんて本当かしら。ねぇ、私、信じていいの」

ゆっくりとはっきりと喋る。体育館がシーンとしていくのがわかる。その空気の中、自分の言葉が響いている。私の言葉……これってセリフじゃないみたい。そう、私も同じことをつぶやいたっけ。

「私が劇の主役ですって？　音読がうまいからって。本当に信じていいの。私が主役になってもいいの……」

そうだ。ミツコって私によく似てるかも。突然人に認められて、疑いながらも信じてしまう。すごく嬉しい。人に気づかれないようにしながらも嬉しくてたまらない。だからミツコは最後のシーンであんなに怒《いか》り泣くんだ。

ミス泡中に選ばれたミツコは、みんなの拍手の中、壇上に上がりトロフィをもらう。しかしそれはとても手の込んだ意地悪だった。そのとたん上から豚の血が落ちてくるのだ。彩希は血のかわりに、キラキラ光る赤のテープを頭からかぶらされ、そして叫ぶ。

「みんなひどいめにあえばいいんだわ。みんな苦しめばいい」

最初は全員死ぬはずだったのだが、担任の先生から注意され、みんな一瞬だけ床に倒れて苦しむという設定に変えた。

「みんなを私は許さない！」

彩希は思いきり叫び、両手をあげた。するとまわりの男の子たちがうーん、うーんと声をあげ、ばたばたと倒れる。この時不気味な大音響がとどろく。大西君たちが凝りに凝ったBGMだ。そして青いスモークが左右から出た時、会場からはどよめきと拍手が起こった。そして仲よし役の陽菜とのかけ合い。

「ミツコ、みんなを許してあげて」

「私は許さないわ。絶対に」

「だけど友だちじゃないの。私たちは友だちよ」

友だちと言われてうずくまるミツコ。そして最後のセリフがある。

「もう一度信じてみる。友だちを」

ここでスイッチが切られ舞台は真っ暗になり、幕が下りる。だから大きな拍手をみんな闇の中で聞いた。

「やったね！」

「キタ～！」

そして幕が上がる。みんなが拍手している。彩希の脚が再び震える。今度のは緊張じゃない。今まで感じたことのない歓喜が全身をつつんでいるのだ。


あの時の興奮を彩希は忘れることができない。

夜、ベッドに入って眠ろうとすると、くっきりとすべての記憶が蘇る。すごい拍手だった。決しておざなりのものではないとわかる。だってそれはいつまでも鳴りやまなかったのだから。幕が下りると、

「やった！」

「めっちゃキター！」

と叫びながら、大西君たちとハイタッチした。棚橋由季などは彩希に抱きついてきたぐらいだ。マジなハグというものを初めてした。ちょっと照れてしまったけれ

ども、ものすごくいい気分になった。なんと由季は泣いていたのである。

「平田さん、ありがとう……本当にすごくよかった」

別に由季にお礼を言われることもないなァとちらっと思ったけれども、それでもとても嬉しくなった。

「平田さんがこんなにうまくなければ、この劇成功しなかったと思う。平田さんってすごい……。まるで本物の女優さんみたい」

それは言い過ぎじゃないかと思うのであるが、奥に引っ込んでからも大西君たちは口々に言ったものだ。

「平田ってうまいよなァ。最後のシーンなんか真に迫ってた。本当に殺されるかもしれないって、オレ、マジにゾクゾクしちゃった」

「その言い方、ひどいじゃん」

気分が高揚していてつい軽い口調で返したら、彼は急に真面目な顔をして言った。

「いや、ホント。最後のシーン、平田は本当にミツコみたいになってたよ」

そして彩希たちのお芝居は、「校長賞」こそ逃したものの、その次の「パフォーマンス賞」をもらったのである。教室に戻ってから、担任の先生の祝福を受けた。

「先生個人の意見としては、うちの方がずっとよかった。だけどやっぱり三年生はもうじき卒業だからな。仕方ない、校長賞はあっちにやろうじゃないか、諸君！」

先生にしては珍しい軽口だったので、全然面白くもないのに、みんなどっとわいた。あまりの成功に、石川莉子でも笑ったくらいだ。そうした小さな記憶のひとつひとつが固まって大きくなり、いきいきとした生命を持って毎夜のように彩希の心を揺るがす。

「ああ、なんて楽しかったんだろう……」

彩希はため息をつかずにはいられない。そしてこう思う。

「あれはもう、一回きりで終わっちゃうの？」

彩希が主役になったあの輝かしい時間、あれはもう二度と訪れないのだろうか。そして自分は再び、ふつうのどうということもない女の子となって、前と同じような学校生活をおくるんだろうか。

「そんなの、絶対にイヤだ」

彩希はがばっとベッドの上に起き上がった。未だかつて、これほど激しい感情に揺り動かされたことはなかった。そしてその後、ゆっくりとひとつの言葉が浮かび上がってきた。

「私、女優になりたい！」

そんなの絶対に無理だ、と次の瞬間大きく首を横に振った。女優とかタレントというのは、美しい女の子がなるものと決まっている。自分はそんなレベルではないというのも彩希にはちゃんとわかっていた。

中学一年生にもなると、キレイな女の子というのは、はっきりとわかってくる。クラスやグループで集合写真を撮っても、そのコの顔だけは目立つ。光がさしているようであった。

三年生には読者モデルをしていると評判のコがいるけれども、そのコが歩いているると遠くからでもわかる。脚が長いし、そのずっと上に小さな顔がついている。そして大きな目と、いつも口角が上がっているような唇。ああいう顔を持つ女の子だけが、女優をめざすに違いない。

「でも私は女優になりたい」

そんなことをあれこれ考えているうちに、彩希の目から涙がにじみ出す。それが毎晩のことだ。これほど欲するものがあるのに、それがかなわないというのはなんてつらいことなんだろうか。

試験で、クラスでいちばんになりたいと思えば、勉強すればなれる。百メートル競走でいちばんになりたいと思えば、毎日トレーニングすればなれるだろう。でも女優だけはダメなんだ。生まれつきのものが肝心なんだもの。

「でも……」

と彩希が考えるようになったのは、一週間が過ぎた頃であった。

「テレビに出ている女優さんって、キレイな人ばっかりじゃないじゃん」

おばさんとか、意地悪な上司の役とかで、彩希のお母さんクラスの女の人がいっぱい出てくる。いわゆる傍役《わきやく》と言われる人たちだ。ああいう人たちも女優なんだ。それを目指せばいいのではないだろうか。

「でも最初からそれって、ジミすぎない？」

彩希は自分の部屋の鏡を見つめる。小学校五年生の時、家族で行ったディズニーランドで買ったものだ。左の下のところにシンデレラの顔がついている。シンデレラが幸せになったのは、生まれつきうんと美人だったせいだ。ちらっと思う。

しかし目の前に映っている女の子は、奥二重のあんまり大きくない目と、ちょっとぽってり気味の鼻を持っている。唇はまあまあ。

ブスとからかわれることもないけれども、「可愛い」ともてはやされることもない。ごくふつうの女の子、全国に何万人、いや何十万人といる女の子。こういう子が、女優をめざすのはやっぱりおかしい。もしかすると美人じゃなくても出来る、傍役というのもあるかもしれないけれども、最初からおばさん役をめざす中一っているんだろうか……。

　そんなことを考えると、彩希はますます悩むようになった。


　お母さんと一緒にテレビを見ていた。お母さんは彩希がテレビを見ているといい顔をしないが、自分がドラマを見るのは別だ。特に自分の好きな俳優さんが出ているものは絶対見逃さない。

　それは人気バツグンの俳優さんが演じる医療ものだ。白衣を着て病院内の権力と闘う姿に、お母さんはうっとりする。

「本当にこの人、カッコいいわよねぇ。特にお医者もんやると最高。本当に正義の味方の医師って感じ……。そうよ、彩希ちゃん、お医者さん頑張ってなりなさいよ」

　お母さんの話は突然飛躍するので、ついていけない時がある。

「そうよ。学費はなんとかするわ。私立は絶対に無理だけど、国立なら学費を払えるわよ。お祖父ちゃんお祖母ちゃんだって、きっと応援してくれるはずよ。だから今からでも遅くはないわよ」

「絶対ムリっしょ」

彩希はさっきむいてもらったリンゴを齧りながら言った。

「今の私の成績じゃーさ」

「だからこれから頑張ればいいんじゃない。人間って目標が出来るとね、自分でもびっくりするくらいの力がわいてくるものなのよ」

この言葉にちょっとびっくりだ。

やがてドラマは進み、お母さんを難病で失うかもしれない少女が出てきた。最近天才子役として人気が高い東《あずま》みなみちゃんだ。みなみちゃんのアップが続く。大きな目がうるみ、たちまち涙が流れ出してくる。

「先生……ママは死んじゃうの……。本当に死んじゃうの。そんなの嘘よね」

涙はどうやら本物らしい。このコ、本当に演技がうまいわねぇ、とお母さんが感心して言った。

「大人顔負けよね。泣こうとすると本当に涙が出てくるんだから」

「みなみちゃんっていくつ？」

「九歳か十歳じゃないの……」

「ふうーん」

彩希とお母さんは画面を見続ける。やがてみなみちゃんは、医師役の俳優にむしゃぶりついた。

「お願い！　ママを助けて。ママがいなくなったら、私も生きていけないよー、先生、ママを助けてよー」

お母さんがじーんと見入っている。泣きはしないが、みなみちゃんの演技に心を奪われているのだ。

「あのさ、ママ……」

頃合いを見はからって彩希は声をかけた。どうしても知りたいことがあった。

「このコって、いったいどこでお芝居勉強したの？　どこで教えてもらったの？」

「劇団じゃないの」

「劇団か」

「こういう子役はね、みんなどこかの劇団に入ってるはずよ。そこでお芝居を教えてくれるんじゃないの」

「えー、子どもなのにそういうところに入っているの？」

「子どもたちが入れる劇団があるのよ。子役を育てるとこ。ほら、彩希ちゃんの大好きだった『運命の家族』に出ていた、高橋唱《たかはししよう》クンも確か劇団出身じゃないの」

「えー、そうなんだ」

唱クンは二十歳の、今売り出し中の俳優だ。涼やかな顔立ちの美青年であるが、演技の確かさでも知られている。

「確かあの人、子役だったわ。みなみちゃんみたいに売れっ子じゃなかったみたいだけど」

彩希はバッグからスマホを取り出し、高橋唱クンを調べてみた。確かに劇団ユニーク出身とあった。次にみなみちゃんを検索してみると劇団メイプル在籍中とあった。

「劇団メイプルか……」

そこのホームページを見てみると、たくさんの子どもたちの顔写真が並んでいた。知っている顔もいくつかあった。みんなこの劇団にいる子どもたちらしい。さらにページを進めていくと、彩希くらいの年齢の子どもたちのプロフィールもあった。「中学生部」と記されている。みなみちゃんのような年齢の子役ばかりでなく、中学生に向けても劇団の門戸は開かれているらしい。

「ふうーん、こういうところに入って、それからみんなテレビに出て行くんだ」

入団というところをタップすると、「試験」「入会金」とあった。この劇団に入るには、試験を受けなくてはならないのだ。しかも入会金もいるらしい。それが二十五万円。月謝は二万五千円と書いてあって彩希はびっくりする。

「これ、絶対にムリ」

お母さんはいつも言っている。お父さんは学校教師だから贅沢なことは出来ない。大学は私立でなく、国立か公立に進んで頂戴と。それなのに演技を勉強するために三十万近い大金。

「絶対にムリ……」

と彩希はため息をついた。


土曜日の夜、そろそろ夕ごはんの支度をしなくてはいけないのに、お母さんは叔母さんと長電話をしている。合間には、

「ウソー」

とか、

「やだー本当⁉」

という派手な声をたてた。

三十分も喋っていただろうか。ケイタイを切ると、彩希たちがいるダイニングテーブルにやってきた。

「ねぇ、ねぇ、大変」

そこで一瞬、間を置く。お母さんはこういうのが大好きだ。みんなを驚かせようともったいをつけるのだ。

「今、聞いたんだけど、美冬ちゃんがスカウトされたんだって」

「ウソー、マジかよ」

兄が大きな声をあげた。美冬は小学校一、二年の時から「可愛いコ」と言われていたけれども、まさかスカウトとは……。

「渋谷《しぶや》を歩いていたらね、声をかけられたって言うのよ」

お母さんはまるで自分のことのように興奮していた。それを見ていたお父さんが苦々し気に言う。

「インチキスカウトじゃないのか。この頃、小学生や中学生を狙ったそういうのが増えて問題になっているんだ。高額のレッスン料巻き上げたり、女の子に水着着させたりするんだよ」

「そんなんじゃないのよ」

お母さんはかぶりを大きくふりながら、みなを見渡す。

「なんとあのポプラプロにスカウトされたんだって」

「すげえじゃん」

兄が大きな声を出した。ポプラプロだったら彩希だって知っている。今、人気のある若手女優は、たいていこのプロダクションに入っているようだ。もともとはモデルクラブだったのであるが、女優部門がぐんぐん伸びていて、時々テレビや雑誌で、このプロダクションの特集をしているぐらいだ。

「ほら、美冬ちゃんはあんなに可愛いから、しょっちゅう声をかけられていたんだって。でも聞いたことがないとこばっかりだったから、ずうっと無視してたんだって。だけどね、今度はポプラプロでしょ。しかもね、その事務所の人たちが二人、家まで来たらしいわよ。すっごいわねぇー」

「それで美冬ちゃんはやる気あるのか」

とお父さん。

「美冬ちゃんもね、そりゃあ多少は芸能界に興味あったみたいだけど、いざスカウトされるとねぇ、ちょっと考えちゃったみたいなの。でもね、玲子はこれもチャンスだからって勧めてるわ。ユタカさんはとめてるみたいだけど……まあ、母親はすっかりその気になってるんじゃないの」

彩希は何も言わず、ずっとテレビを見ているふりをした。テレビでは夕方の情報番組をやっている。

「女優の江原《えはら》ゆりさんが、映画の大ヒット祈願のために、今日明治神宮《めいじじんぐう》に参詣《さんけい》しました。振袖姿の彼女を見ようと、三百人のファンが参道に並びました」

こんなことってある？　と彩希は心の中で叫び続けている。学園祭以来、女優になりたいという思いに目ざめた自分は、やはりそんなことは無理だと諦めようとしている。そんなことは夢だよと自分に言いきかせている。それなのによりによってイトコが、大きなプロダクションからスカウトされたというのだ。スカウトというからには、入会金や月謝はいらないに違いない。それなのに彩希は、お金を払っても女優に近づきたいと考えている。イトコというのに、こんなに差がつくなんて。そして同じ頃に、神さまがこんな意地悪をするなんて……。

「信じられない」

思わず口にしていた。

「そんなの、信じられないよ」

「そうでしょう」

全く別の意味にとって、お母さんは大きく頷いた。

「あの美冬ちゃんが、芸能界にスカウトされるなんてびっくりよね。もしかすると親戚から芸能人が出るかもしれないわよ。あのコは確かに昔から可愛かったから、モデルにでもなればって冗談半分で言ったことがあるけど、まさか本当になるなんてねぇ。私、今のうちにサインをもらっておこうかしら」

「おい、おい、いい加減にしてくれよ」

お父さんが言う。

「お前がはしゃぐことはないだろう。そんなことより早く夕飯にしてくれよ」

本当にそのとおりだと彩希は思った。

どうしてまた劇団メイプルのホームページを開けたのかわからない。もう自分にとって縁のないところのはずなのに、勝手に手が動いてしまった。

お金をとって演技を教える劇団と、可愛い女の子を見つけてスカウトするプロダクション。そのどちらも女優を育てるところだとしたら、二つの違いはいったい何だろうかと知りたくなったのだ。

ホームページのタレントを羅列した先に、代表のコメントというのがあった。白髪交じりの上品な男性であった。

「俳優として活躍後、昭和三十五年に劇団メイプルを創設。子どもたちの演技を指導しながら、多くの俳優を育てる」

とあった。昭和三十五年だって。大昔だ。いったいこの人はいくつなんだろうか。

そして突然、こんな文章が目にとびこんできた。

「美少女コンテストやスカウトといった類で、芸能界に入る人もいるでしょう。しかしそれは、私たちがめざすものとは全く違うものだと思っています」

何、これ、どういうこと。まるで彩希のためにあるような言葉じゃないだろうか。

「劇団メイプルが目標としているのは、演技を通して自己表現することです。子どもたちの多くは、演技を学ぶことによって成長してたくましくなっていきます。私たちは演技を指導することを教育の一環として考えているのです。

そしてその先にテレビや映画に出演することもあるでしょう。しかしそれは劇団メイプルのすべてではないのです。演技することの素晴らしさにまず触れ、それがどれほど自分を支えるかということに気づいてほしい。そしてやがては真の演技者になってほしいのです」

彩希は感動して何も言えない。

そうなんだ。やっとわかった。私が望んでいたのは芸能界に入ることなんかじゃない。

「私は演技をしたいんだ」

演じたい。そのための方法を知りたい。勉強したいんだ。

「パパ」

リビングルームに行った彩希はまずお父さんに声をかけた。お母さんではなかった。

「私のお願いを聞いてくれる？」

お父さんは言った。

「やっぱりそういうことはお母さんに相談するんだよ」

劇団に入りたい、ということを彩希はなかなかお母さんに言えない。

そりゃそうだ。入会金が二十五万円、月謝が二万五千円必要だ。そんな大金、うちにあるんだろうか。

お母さんはいつも言っている。

「うちはお金ないんだから。大学は国立か公立に行ってね」

そんなお母さんが二十五万の入会金をぽんと出してくれるとは思えない。

しかしぼうっと我慢していることも出来なかった。〝願い〟を閉じこめておくことがこんなにつらいのは初めてだった。

今までとはまるで違う。

スマホが欲しいとか、アイドルのコンサートに行きたいとねだったことは何度もある。半分ぐらいは拒否された。そうすると「ちぇっ」という気分になり、時々は文句を言ったり不貞寝《ふてね》したりした。

しかし今度の〝願い〟はそんなことではすまされそうもない。

「劇団に入って、ちゃんと演技を勉強したい」

このことがかなえられなくては、生きている甲斐がない。もしダメだったら、自分は本当につまらない、悲しい日々をおくることになるだろう。

「頑張るんだ」

彩希は自分を励ました。勇気を出してお母さんに言おう。そしてこの気持ちをわかってもらうんだ。

しかしお母さんは、彩希が見せたパンフレットに顔をしかめた。

「何、これ。とんでもないわよ」

「どうして」

「お金がすっごくかかるじゃない。そんなことより劇団だ、演技だって、彩希ちゃん芸能界に入るつもり」

「違うよ。そんなんじゃない」

彩希はゆっくりと学園祭のことを話した。演じるということがとても楽しかったこと、舞台の上ではまるで夢のように時間が過ぎていったこと。もう一度あの経験をしたい。そして勉強して、もっともっとうまくなりたい……。

「だけど彩希ちゃん、習いごとがちっとも続かなかったじゃないの。ピアノなんか二ヶ月くらいでやめちゃったし。小学生の頃はスイミングクラブに入りたいって言うから入れてあげたのに、あれも半年くらいしか続かなかったわね」

「あれは違うよ。ピアノはお母さんが勝手にさせたことじゃん。スイミングはあの頃クラスのコがみんなやってたから、何となくしてみたんだよ」

「それにしたって、この劇団すごい授業料じゃないの。これを払い終わって、やーめた、ってされたらたまんないわ」

「私、絶対に、やーめた、なんてしないし」

彩希はお母さんの顔をじっと見た。前に「やーめた」をしたからって、次もするとどうして決めつけるんだろう。

「ママ、私、大学行かないもん」

「え、何を急に言い出すのよ」

「ママ、前に言ってたじゃん。私とお兄ちゃんを大学に行かせるお金はちゃんと貯めてる。だからしっかり勉強しろって。私はそんなに勉強好きじゃないから大学行かない。だからその分のお金を頂戴。そうしたらこの劇団行けるから」

「何を言ってんのよ」

お母さんは彩希を睨んだ。怒鳴る直前によくこういう顔をすると思ったらやっぱりそうだ。

「今どき大学行かない、なんてことあり得ないでしょ。それなのに夢みたいなこと言って、劇団入りたいなんて。お母さんは許しませんからね」

「それじゃあ……」

彩希は叫んだ。だけど次の言葉がなかなか思いつけない。

「家出してやる」って言うのは、なにかこわいし、本当に家を出なくてはならないかもしれない。「ご飯を食べない」と言うのではあまりにも子どもっぽい。

「もうお母さんと口をきかないよ。絶対に」

と言ったら、

「どうぞご勝手に」

お母さんはふんと笑った。とても意地の悪い笑いだ。こういう時のお母さんは本当に嫌いだと思う。


それから彩希とお母さんは話をしないようになった。「ただいま」「お帰りなさい」もない。ご飯の時も彩希は黙りこくったままだ。

「なんだ、まだお母さんとケンカしているのか」

お父さんがからかうように言ったが彩希はむっつりしたままだ。

「口ききたくないいんだったら、したいようにさせてやれば」

お母さんが冷たく言って、今度はお兄ちゃんに話しかける。そしてお父さんが彩希にしゃべり、お母さんはお父さんにも話しかける。つまりお母さんと彩希の直接の会話がないだけで、夕飯はいつもとそう変わりなかった。

こんな日が四日くらい続いた後、お父さんが言った。

「彩希、お父さんと約束しよう」

「えっ」

「劇団のお金は、お父さんが出してやる」

「本当？」

　お父さんがそんなお金を持っているのはちょっとびっくりだ。なぜならうちのお金の管理をしているのはお母さんで、このうちではお父さんも彩希のようにお小遣いをもらっているからだ。

「パパ、そんなお金あるの？」

「馬鹿にするな。お父さんだって大人だから、何かのためのお金はちゃんとある。彩希は劇団入りたいんだろ」

　うん、と彩希は頷いた。

「前にも話したけどお父さんも経験あるから気持ちわかるよ。芝居の面白さはやったものにしかわからない。お母さんには無理さ」

　そうかもしれない。

「お父さんが大切なヘソクリを出してやるよ」

「ありがとう」

　彩希は思わずガッツポーズした。お父さんに抱きついてもいいかな、と一瞬思ったけれどもやっぱりそんなことはしない。

「その代わり二年間は続けなきゃ駄目だぞ」

「もっとやるよ」

「よしよし……だけどあんまり長く続けられてもお父さんのお小遣いが……いや、その頃にはお母さんも何とかしてくれるだろう」

お父さんは最後はもにょもにょつぶやき、そしてニヤッと笑った。彩希も笑う。

「やっぱり親子なんだなァ」

お父さんがしみじみ言った。

しかし劇団に連れていってくれたのはお母さんだった。

「お父さんなんかあてにならないから」

というのがその理由で、やはり心配でたまらなかったのだろう。

千駄ケ谷《せんだがや》の駅で降り、能楽堂《のうがくどう》の方向にしばらく歩いていくと、静かな住宅地があった。劇団メイプルは三階建てで、入り口のところは洋館風のつくりになっていて、白いアーチのテラスがあった。つたの葉をはやしているところが歴史を感じさせる。思っていたよりもずっと立派なところだ。

「インチキ劇団かと思っていたけれど、これなら大丈夫ね」

お母さんが言ったほどだ。

応接間でお母さんと、理事長先生に会った。インターネットで見た人だ。それよりもずっと白髪が多かったけれども、背が高く姿勢がいい。元俳優さんらしいけどなるほどと思う。

「彩希さんは中学生部で体験してもらいます。ここは男女合わせて、今十五人の中学生がいます」

「あのー、みんな芸能界をめざしているお子さんですか」

「そんなことはありません。中には一人か二人、そういうお子さんもいるかもしれませんが、ほとんどがふつうのお子さんです。男の子の大半は、お母さんが劇団に憧れて、というケースですかね」

「ああ、そうなんですか」

「そうです。いろんなお子さんがいらっしゃいますよ。お母さん、どうしますか。見学なさいますか」

「そうですねぇ……」

お母さんはちらっと彩希の顔を見る。お願い、来ないでと彩希は思った。お母さんに見られながらお芝居の稽古なんか絶対にイヤだ。

「私はちょっと用事もありますので、時間になったらここに迎えにきます。娘は都心に慣れていないので、ここに連れてきただけですから」

ほっとした。お母さんはやっぱり彩希の気持ちをわかってくれたのだ。

お母さんを送りがてら、理事長先生はロビーの右手に案内してくれた。

「ここは二百席の劇場になっていて、年に四回自主公演が開かれるんだよ。彩希さんも早く出られるようになるといいですね」

そこには扉が二つあった。劇場に続く扉だ。本当にそんな日がくるのだろうかと彩希は見つめる。

だけどすごい。劇場を持っている劇団なんだ。ここでお芝居が行われるんだ。

お母さんが出ていった後、理事長先生が連れていってくれたのは地下の稽古場だ。いくつもの部屋が並んでいる。そのひとつの扉を開ける時、彩希は緊張のあまり体がこわばるのがわかった。さっきまでは平気だったのに、今は中に入るのがこわい。

そして中に一歩足を踏み入れたとたん、ぱちぱちと拍手が起こった。

「彩希、ようこそ」

黒いシャツを着た若い男の人だった。初めての人に「彩希」と呼び捨てにされ、カーッと顔が赤くなった。同じ年代の男の子や女の子に拍手で迎えられたからなおさらだ。

「彩希、さあ、ここへいらっしゃい。今日から一緒にお芝居を勉強する仲間よ」

そこは二十畳ほどの部屋で、四方が鏡になっているからもっと広く見える。向かって右側に数人の男の子たち、左側に女の子たちがいた。真ん中に先生の机が置かれていた。

「彩希さん、赤石《あかいし》先生だよ」

「よろしくね」

先生は外国人のように彩希と握手をした。低くとてもよく通る声だ。先生は他にも何人もいるが、たまたま今日は赤石先生らしい。

「じゃあ、みんな座っててぇー」

先生がこれまた外国人っぽくぱんぱんぱんと手を叩くと、みんなおとなしく従った。

「えーと、今日体験してもらう平田彩希さんです。みんな、彩希でいいよ。それじゃあ、彩希に自己紹介してもらいましょう」

えー、そんなの聞いてなかったよと彩希は後ずさりする。知らない人の前で自分のことをしゃべるなんてとても出来ない。

「さ、早く始めなさい」

先生は威厳を持って言った。

「自分のことを話すっていうのは演技の第一歩よ。さあ……」

彩希はおそるおそる前に進む。小学校の頃、はじめてプールの飛び込み台に上がった時のことを思い出した。やらなきゃならない時は、やるしかないんだ……。

「こんにちは……。私は平田彩希です」

名乗ったら、その後はすらすら言葉が出た。

「先月のこと、学園祭で劇をしました。その時、本当に本当に楽しくて、お芝居が大好きになりました。そしてお芝居を勉強したいと思ってここに来ました。何もわかりませんけど一生懸命やります。どうぞよろしくお願いします」

パチパチと理事長先生と赤石先生が拍手をした。決しておざなりのものではなかった。その証拠に二人ともにこにこしている。その後、男の子と女の子たちが続いたが、あまり気のない様子だった。が、今どきの中学生だったらこれが普通だろう。

「さあ、今日もこのあいだの続きをするわよ」

赤石先生は席について、さっとノートを広げた。

「さあ、ショウタとアユム、二人でやりなさい」

二人の男の子がすっと立ち上がったと思った。しかしアユムと呼ばれた男の子は座ったまま。

「あー、オレいいっす」

と手を振るではないか。

「仕方ないな。それじゃテツヤとショウタで」

先生も怒るでもなく、別の男の子を指名した。

二人の男の子が立ち上がり、先生の前に立った。一人は眼鏡をかけた小柄な男の子。もう一人はちょっと痩せぎすな背の高い男の子。どちらも決して美少年というわけではない。ごくふつうの男の子が、劇団に入り、こういう風にお芝居の稽古をしているのはちょっと意外だった。

「じゃあね、テツヤが〝従いてく〟、ショウタが〝来るなよ〟のバージョンで」

はい、と先生はぱちんと手を叩いた。彩希は言っていることの意味がわからない。

やがて男の子たちはぐるぐるまわり始めた。

テツヤの方は「従いてく」と、ショウタの後ろにまわる。するとショウタは「来るなよ」と拒否する。

「従いてく」

「従いてくるなよ」

二人の少年は、まわりながら同じセリフを口にしていく。やがて口調に変化が表れ始めた。

「従いてく」が次第にしつこくなり、すると「来るなよ」の方が苛立ってくるのである。

すると先生は命じる。

「はい、交替して」

次第に彩希にもわかってきた。これは単純な短いセリフに、どう感情をつけ、どう変化をつけていくかを勉強する時間なのだ。

「さあ、今度は女の子にいってみよう」

アンナと呼ばれた子とミリと呼ばれた女の子とが、ぐるぐるとまわり始めた。

「従いてく」

「従いてこないで」

男の子よりもずっとうまかった。発音がしっかりしていてメリハリがある。声だけではなく、表情がくるくると変わった。単にセリフを口にしているのではなく〝演技〟しようとしているのだ。

しかしさっきから彩希は一人の女の子が気になって仕方ない。彼女はみんなから少し離れたところに、〝体育座り〟でじっとしている。演技している方を見ているわけでもない。ひざを抱えてうつむいている。

「じゃあ……次は」

何番目かに先生は彼女の方に顔を向けた。

「レナ、やってみる?」

彼女は「いいえ」と答えるわけでもなく、黙って首を横に振った。

「あ、そう、じゃあ、レイコとエリカやってみて」

先生はあっさりと別の女の子にした。エリカという女の子が立ち上がった。どういうこともないふつうの女の子だ。しかし彼女が、

「従いてく」

と声を発した時、彩希は目を見張った。声の響きが他のコたちとはまるで違っていたのだ。そのうえ、彼女は自分なりにセリフに何かをつけ加えるのだ。

「ねえ……従いてく」

「もう従いてこないで」

一度めはきっぱり。二度めは静かに諭すように、そして三度めはもう諦めたように、とさまざまな言い方をするのだ。

「このコ、すごい」

こういう女の子のことを才能があるというのだろう。そしてきっと女優さんになるのだ。感心して見ていたら、先生に声をかけられた。

「彩希、どう、やってみる？」

はい、と彩希は頷いた。自分だったらどういう風になるのかやってみたくなったのだ。

「じゃあ、エリカとやってみて」

今、上手な演技をしたばかりの女の子だ。えーっと思ったけれども、エリカはにっこり笑いかける。さあ、一緒にしようと言っているようだ。

「じゃあ、エリカが〝従いてく〟、彩希が〝従いてこないで〟。はい」

ぱちんと手が鳴った。

「従いてこないで」

彩希の第一声はちょっと震えた。

「従いてく」

エリカは小首をかしげて言う。手を後ろに組んでいる。このポーズは、友だちをからかっている、という演技なのだろう。

しばらくこのやりとりがあった後、先生はエリカに尋ねた。

「ねえ、今の〝従いてく〟はどういうこと」

「仲のいい友だちが、好きな男の子ができたんだけど名前を教えてくれない。今日はその好きなコのサッカーの試合を見に行くっていうんで、従いていこうと思うんだけど、友だちは恥ずかしがって来ないで、って言うんです」

「なるほどね。今度はこうしよう。親友の二人がいて彩希はすごいイジメにあっている。エリカは彩希を救うために、そのイジワルなコたちと戦おうとしている。もしかするとボコボコにされちゃうかもしれない。だけどエリカは行くつもりなんだ。彩希は薄々そのことに気づいて、従いていこうとする。だけどエリカは彩希のために、絶対に従いてこないで、と言う。さあ、やってみよう」

「従いてく……」と言って彩希ははっと息をのんだ。振り向いたエリカの顔が、さっきとまるで違っていたからだ。

「従いてこないで」

ものすごく怖い顔だ。何かを思いつめたように唇がきっと結ばれている。

「従いてく」

「従いてこないで！」

最後は悲鳴のようになった。演技するってこういうことだと彩希はつくづく感じた。

こうして一時間半の初めてのレッスンが終わった。彩希は何人かの女の子から声をかけられた。エリカもその中にいる。

「よろしくね。私、野中江梨香《のなかえりか》」

「私、三枝杏奈《さえぐさあんな》」

「あの……あのコは」

まっ先に部屋を出ていった女の子のことを尋ねた。ひと言も発さず、ずっと体育座りしていたコだ。

「村上《むらかみ》さんね、あのコね、不登校でずっと学校行ってないの。それを直そうと親が連れてきたのよ」

劇団にはいろんなコがいるらしい。

あの体験が試験だったんだ。彩希は無事に劇団に入ることが出来た。劇団で仲よくなったエリカとアンナとで、帰りにマックに寄ることもある。学校の制服だと飲食店に行くのは禁止だけれど、土曜日の私服の時だと、どうということはない。

エリカもアンナもいつもとても素敵な服を着てくる。デニムにTシャツ、パーカーといったものだけれども、大人のものと同じような流行の形をしている。そこへ行くと彩希はチノパンツにブラウス、カーディガンといったものだ。お母さんが量販店やスーパーで買ってきてくれたもので、はっきり言ってダサい。

「えー、サキってお母さんが選んだもの着てるの。ウッソー」

とエリカに驚かれてしまった。

「じゃあ、みんなどうしてるの」

「ママと買い物に行く時は、自分の好きな店に行って、自分の好きなものを買ってもらう。そうしなきゃ、おばさんっぽいものにされちゃうじゃん」

「ふうーん」

エリカの言葉に彩希はすっかり感心してしまった。お母さんと買い物に行く時もあるけれど、彩希はあれこれ主張したりすることはない。お母さんの選ぶものをおとなしく着ている。まだしゃれっ気というものが生まれてないのだと自分でも思う。

「それにさ、オーディションに行く時にさ、やっぱりダサい服だと、落とされちゃうし」

エリカの言葉に今度は彩希がびっくりした。

「えー、オーディションってあのオーディション？」

「エリカはさ、映画に二回出たことあるんだよ」

とアンナが教えてくれた。劇団のレッスンでもエリカの演技力は群を抜いていた。そのうえ映画に出たことがあるなんて本当にすごい。

「出たって言ってもさ、二歳の時だよ。女優さんに抱かれてるとか、そのくらいの役だもん」

照れくさそうに言った。

「でもね、小学校五年までNHKの朝ドラのオーディションは毎回受けてたよ。あれって必ず子役がいるじゃん。最終までいったことがあるけど落っこちゃってさ、あの時はちょっと口惜《くや》しかったなァ」

なんだかすごい。エリカはひとつ年上だけど、もうなんだかプロという気がする。

「あのね、私たち中学生って、いちばん役がない時なんだよ。小学生までだと子役で出るチャンスはいっぱいあるけど、中学生になるとさ、ぐっと少なくなるもん」

「そうなんだ……」

「でもさ、今がいちばん大切な時だって先生たちは言うしさ、私もそう思うよ。そりゃあオーディションに受かったら嬉しいけど、それだけが目標でガツガツしてるのってつらいじゃん」

アンナの言葉に頷いた後、彩希は思わず聞いた。

「あのさ、オーディションってどうやってやるの。自分で申し込むの」

「そうかあ、サキはまだ写真撮ってないんだね」

とエリカ。

「あのさ、うちの劇団に入ると、全員写真を撮られるワケ。顔のアップと全身、サイズも入れてパンフレットをつくるの。それをさ、テレビ局や広告代理店、出版社とかに配るワケ。そうするとさ、テレビ局とかの人がパンフレットから何人か選ぶの。そして呼ばれてオーディションに行くんだよ」

「やだなァ、サイズなんて書くワケ!?」

「大人と違って、私たちのサイズなんかいいかげんだよ。ただ身長と靴のサイズはちゃんと書くかも」

「えー、靴のサイズも？　なんかそんなのイヤだな」

そんなことまで記され、パンフレットに出されるなんて自分がまるで品物になったみたいだ。大きさはどのくらい？　色は？　形は？　性能は？　って調べられてる品物。

「えーどうして。いろんな人が自分のことを見てくれるって嬉しいじゃん」

とアンナが言う。彩希はその感じがよく分からない。自分は演技を勉強したいだけで、テレビや映画に出ようという気はあまりないんだもの。

「そういえば……」

と思い出した。

「私のイトコがスカウトされたんだ。ポプラプロから今度デビューするみたい」

「ウッソー」

「マジー！」

二人は他のお客さんが振り返るくらい大きな声を出した。

「何て言うコなの？」

「山崎美冬」

「スマホで出してみようよ」

二人はしばらくスマホをいじっていたがやめてテーブルの上に置いた。

「芸名つけたんじゃない」

「まだデビューしてないのかも」

が、事情通のエリカは、いろいろ推測する。

「ポプラプロだとさ、あそこがやってる美少女コンテストに出すのかもしれない。それでタイトルをつけてから大々的に売り出すんだよ」

「それかさ、あそこはドラマの制作もしてるからすぐにドラマに出られるよね」

いずれにしてもポプラプロはとても大きなところらしい。そんなことはきっとないと思うけれども、いつか美冬とオーディションを一緒に受けることになったらどうしよう。イヤだ、イトコ同士でそんなことをするなんてと、彩希は思わず声をあげそうになった。

それにしても、エリカやアンナはいいコだと思う。もし同じことを学校の誰かに言ったとしたら、

「へぇー、サキのイトコってそんなに美人なの？」

とか、

「差がついてんじゃん」

と冗談を言うに決まっている。だけどエリカやアンナはそういうことを口にしな

い。やはり演技というものを勉強しているコは、人の外見について軽々しく発言しないようになるんだろう。自分たちがめざしている場所に、可愛いとかキレイとかというだけで近道されるのはイヤなんだ。

そしてこのマックに寄り道した日からすぐ、彩希もパンフレット用の写真を撮ることになった。

稽古場の階に大きな紙が貼られ、臨時のスタジオになった。それから彩希は女の先生によって軽く化粧をされた。といっても顔が光らないように、軽くドーランを塗るだけだと説明された。

「もっとにっこり笑って」

「足を組んでみて」

カメラマンからいろいろな注文を受けた。プロに撮ってもらうなんて七五三の時以来だ。その時と同じことを言われた。

「もっと自然な笑顔でねー。そう、にっこり微笑んで」

テレビでアイドルたちを見るたびに、このコたちの笑顔は、なんてわざとらしいんだろうと思っていた。つくり笑いしながら踊るなんて、

「サイテーのブリブリ」

と言い、そのコの大ファンの兄から怒られたこともある。だけどこんな風に、にっこり笑う自分も、同じ世界に入っちゃったんだよなァと彩希は思う。自分では絶対に違うと思ってたし、今も思ってるけど、どこか根っこは同じなんじゃないだろうか……。

そしてこの写真撮影の後、「踊り・所作」のクラスも始まった。着物を着てちゃんと動けるというのは、演技の基礎だと先生は言う。

「このクラスはちゃんとやった方がいいよ。やらない男の子たちも多いけどさ。時代劇のオーディションに出る時も困るしさ」

またオーディションの話かと、彩希はちょっとイヤーな気分になってきた。おまけに浴衣と足袋《たび》の用意を頼んだら、お母さんにイヤミを言われた。

「やっぱり劇団っていうところは派手よね。何のかんのってお金がかかるんだしさ」

と言いながら、デパートで青色の浴衣と黄色い帯のセットを買ってきてくれた。

浴衣は朝顔の花が染めてあってわりと気に入った。が、とても好きになれそうもないのが、足袋だった。お母さんがストレッチのものを買ってきてくれたのだが、親指だけを小さい袋に入れるのはとてもむずかしい。

「今の子どもって、本当に足袋が穿けないのねぇー」

お母さんも呆れたくらいだ。だから浴衣を着るのは大変だった。何度練習しても、帯から下がスカートのようにふくらんでしまう。そして前がはだけて、自分から見てもみっともない。

「まずは正座をして、こんにちは、と言うところからしてみましょう」

と言われたが、足がしびれて、五分と座っていることが出来なかった。

エリカから聞いた話によると、三年くらい前に大河ドラマにレギュラーで出た男の子がいたらしい。戦国大名の息子という役だったので、ずうっと板の間で正座をしている。それが出来るように、先生が特訓したそうだ。藤間流《ふじまりゅう》の男の先生で、ここで踊りを教えてくれる。

五人のグループでひととおり所作の授業が終わった後で、彩希は一本の扇を渡された。

「踊りっていうのは、自分の体を使うから小道具は何もいらないの。だけど扇は別なの」

先生の口調はとてもやさしくて、女の人が話しているみたい。

「だから扇はとても大切なの。これ一本で雪や花や風、それから好きな人も表現したりするのよ。だから踊りの人たちは、扇を決して乱暴に扱わない。お稽古始める前に、扇をこう置いて挨拶するでしょう。これはね、先生と扇に対する礼儀なのよ。わかるかしら」

はい、と彩希は頷いた。よくわからないけれどおごそかな気持ちになる。だいいち扇を持つのは初めてなんだもの。

「それじゃあ、踊りを教えますけど、藤間にはまず最初におさらいする『七つになる子』という踊りがあるの。でも立ったり座ったりがやっとな子にはむずかしいから、まずはこれからいってみましょうね」

先生は古くさいカセットデッキのボタンを押した。そこから童謡が流れる。

「春よ来い
早く来い……」

聞いたことがある歌だ。

「じゃあね、春よ来い、で立ち上がって、早く来い、で進んでみましょう」

簡単なことなのに、それがまるでうまくいかない。浴衣で正座していてパッと立ち上がろうとすると、足がもつれてしまうのだ。

「足で立とうとするからいけないの。腰をすうっと上に上げればいいの」

と先生は言うけれどもどういうことかわからない。浴衣を着て同じことを何度かやらされた。隣にいた女の子は、高校生だけれども、

「私、ムリ……。絶対にムリ……」

とつぶやいたぐらいだ。

立つ、座る、などというのは、簡単な動作のはずなのに、着物を着て正座をすると本当にむずかしい。体に無理な力を入れていたらしく、家に帰ってきてから太ももが痛くなってきた。お風呂から出た後、お母さんに言って湿布を出してもらったほどだ。

「劇団を一生懸命やるのはいいけど、ちゃんと勉強するのよ」

お母さんはくどくど言う。

「演技の勉強なんて、お母さんは本当はしなくてもいいと思ってるんだから」

「わかってるよ」

言われなくてもちゃんと宿題をした。ついでに数学の予習もしておく。劇団へ入ったら成績が下がったと言われたくはなかった。踊りはまだまだ苦手で立ち上がることも出来ないけれど嫌いじゃない。太ももが痛くなるなんて、小六のバレーボールの大会以来だ。でも全然イヤじゃない。

「こういうのを充実してるって言うんだろうか」

ベッドの中で考える。自分の好きなことをめいっぱいやって筋肉痛になるって、わりと楽しい。わりとじゃなくてかなり楽しい。体のいろんなところから力がわいてきて、他のことも頑張ろうと思うから不思議だ。いつもだったらうちに帰ってだらだらゲームをしたり、テレビを見たりしているうちにあっと言う間に時間がたってしまう。だけど劇団のレッスンがあった日は、体は疲れているけれども心はしっかりと冴えているという感じだろうか。本を読んだりもする。それも今まで興味がなかった小説というやつ。

「このコの心理というのは、どういうことなんだろうか」

「いったい何を考えて、ここで泣いたりするんだろうか」

と考えるのも今まではなかったことだ。


だけど劇団に入ったことは誰にも内緒にしていた。仲よしの女の子にも話してはいない。みんなを信用していないわけではないけれど、いつだって秘密は本当に小さな隙間からぽろっとこぼれていくのだ。

昼休みに桃香が近寄ってきて言った。

「ねぇ、聞いたんだけど、彩希って劇団に入ったって本当？」

「えーっ」

びっくりした。いったいどこから漏れたんだろ。

「あのさ、その劇団に入ってるコが塾でさ、石川の友だちと一緒なんだって。そっちの中学に平田っているって話になって、石川のところにも伝わったみたい」

「まずいじゃん……」

「えっ、じゃ、彩希ってばやっぱり劇団行ってるんだ」

その時、桃香の顔に驚きと共に、軽い軽蔑の色が浮かんだのを彩希は見た。

どうしてあんたみたいなフツウのコがそんなとこに入ったの。

芸能界に入りたいの？　まっさかね……。

桃香が言葉に出してくれれば気持ちがらくになるのに、そうしてくれないから彩希も素直に語ることが出来ない。

「ちょっと面白いかな……と思って入会したんだ。でもさ、週に一回しか行ってないしさ」

「ふうーん」

「でもさ、お母さんが反対してるから、一学期でやめるかもしれないし……」

どうしてそんな言いワケするんだろう。楽しくってすごく充実してるって本当のことを言えばいいのにと、彩希は自分に問いかける。でも仕方ない。劇団に入っているなどということが知られたら、イヤでも目立ってしまう。目立つってことはイコール、クラスのみんなから拒否されるっていうことなんだもの。うんと可愛いコが劇団に入ったとしても、みんなは、

「自信カジョー」

と言うに違いない。ましてや自分のようにジミなコが劇団に通っていると知られたらいったい何と言われるだろう。

「あのさ、昨日から石川、ＬＩＮＥでいろいろ言ってるらしいよ。気をつけた方がいいよ」

桃香は声をひそめた。

「学祭の時から、棚橋なんかもう完璧にムシられてるじゃん」

由季は石川莉子のグループの一員だったのに、人気者の男の子とつき合い始めてから無視されるようになったのだ。

そしてきっかけはすぐに起こった。その日の午後は、国語の授業があった。

「それじゃ平田さん、四十六ページから読んで」

音読するのは好きだった。自分の声が教室の隅々にまで通って、みんなが教科書を持って聞いてくれているからだ。

けれど彩希はイヤな予感がした。音読をするのは久しぶりだ。その間に自分はかなり変わったはずだ。劇団ではよく発声練習をする。大きく口を開けて、

「ア・エ・イ・ウ・エ・オ・ア・オ」

と発声するのだ。そして朗読の授業で、彩希は言葉のひとつひとつに感情を込めることを習った。

「桜の花はなぜ美しいか」

題名を読んだ。それは作家が書いたエッセイだ。

「桜の花はなぜ美しいのか。昔からいろんな人がいろんなことを語っています。咲いている期間が短くあっという間に散るからだという人もいるし、花の清らかさが日本人の精神に合うからだとも。私は桜の花の美しさは、連なっていることだと思います。一本でももちろん桜は美しい。が、たいていの場合、桜は何本か一緒に植えられています。すると桜は穏やかに競い合い、そしてお互いを引き立て合うのです……」

声に出して読んでいくと、彩希の中に桜並木の光景が浮かんでくる。ピンク色の

満開の桜の木がずっと続いている……。途中でしまったと思った。自分があまりにも気持ちを入れ過ぎていることに気づいたからだ。区切りもちゃんとつけ過ぎている。そして間も入れている。いけない、と思ったけれども、止まらないのだ。もっと無機質に読もうとしてもうまくいかない。とてもなめらかに声が出ていく。

「くっくっくっ」

何人かのしのび笑いがした。誰だかわからない。顔がカァーッと熱くなった。

「まるで友と肩を組み合うように桜は咲きます。誇らしげに仲間たちと。それはなんと美しい光景でしょうか……」

クスクスと笑い声は止まらない。ついに彩希は読むのをやめてしまった。

「どうしたんですか。石川さん」

先生が怒った声で言った。

「だってぇ……」

石川莉子だ。

「平田さん、気持ち入れすぎです。コワいです」

彩希が子ども劇団に入っているという噂は、あっという間に広まってしまった。あの音読がきっかけだ。他の子のように、無機質に抑揚なく読もうと思ったのに、もうそれは出来なくなっていたのだ。

劇団でいつもトレーニングしている、

「ア・エ・イ・ウ・エ・オ・ア・オ」

という発声練習、そして文学作品の一節を取り出し、

「いかに心を込めて読んでいくか」

という稽古が、いつのまにかしっかりと彩希の声を変えていたのだ。

あの時、石川莉子と何人かの女の子が、くっくとしのび笑いをした。先生は、

「ちゃんと読んでいるだけでしょう。静かに」

と叱ったのだけれど、それでもしのび笑いは止まらなかった。それで先生は、一ページも読んでいない彩希に、

「はい。もういいです」

と言って止めたのだった。

その日の放課後には、もう莉子たちの聞こえよがしのお喋りが始まった。

「私さー、劇団入るコって、チョー可愛いコだと思ってた」

「そうだよねー。芸能界入るワケじゃん」

「面接とかやらないのかねー」

「やらないよー。やってたら入れないコ、いっぱい出てくるじゃん」

はっきり自分に言ってくれれば、こう反論出来るのに。

「劇団はそういうところじゃない。アイドルを育てるとこじゃないって、先生はいつも言ってる。演技という表現方法を教えてくれるところなんだ」

しかし莉子たちはいつものように、自分たちが雑談をしているふりを装って、こちらの悪口を言い始める。

「あのさ、カン違いしてる人ってコワくね？」

「そう。一回主役やっちゃったりするとさ、そういうつもりになっちゃう人っているらしいよね」

気にしちゃいけないんだと、自分に言いきかせる。

もし莉子たちのグループに入っていたとしたら、意地悪され、とてもつらかったはずだ。グループから出されたら他に行き場がない。もう他のグループも出来上がっているから、そっちにも入れてもらえないはずだった。あの由季みたいに、一人ぼっちになってしまうんだ。

しかし彩希は、クラスの中流どころのふつうの女の子たちのグループに属していた。ここは結束が固い。莉子たち一軍のグループを横目に見ながら、

「あの人たち、いつも勝手なことばっかしてる」

とここそ言い合う仲間たちだ。

だから莉子たちに嫌われたって全然へっちゃらだと思うものの、心は暗く沈んでいく。何かイヤなことが起こりそうな予感がする。

そしてその日の夜、桃香からのメールがあった。

「あのさ、今LINEで彩希の悪口大会やってるみたい」

「ふーん」

それは予想出来たことだ。

「それでさ、びっくりしちゃうのはさ、棚橋がさ、いつのまにか石川のグループに戻ってるんだよ」

「えっ、それってどういうこと」

「あのさ、『リコが平田さんをたまたま劇の主役にしたから、あの人、すっかりカン違いしたんだね』とか言って石川にすり寄ったらしいよ」

「ひどいじゃん」

「LINE見てみる?」

「うん……」

「じゃあ、やり方教えてあげるからやってみて」

と桃香はやり方を教えてくれた。

けれども操作することを彩希はためらった。このあいだもカウンセラーの人が学校で講演したっけ。

「知らない人とネットで話す時は充分に注意するように。皆さんと同じ中学生を装って、実は中年のおじさんということはよくあります」

そしてもっと大事なことは、

「ネットを使って友人の悪口を言わないこと」

と体育館を見渡し、大きな声で言った。

「実際にネットの悪口で、自殺した人も何人もいるんですよ。皆さん、そういうことだけはしてはいけません。もし自分の悪口が書かれているのを発見したら、そこで見ないようにしてすぐに親や先生に言いましょう」

ということだった。

でも私は大丈夫と彩希は思った。

「私は強いもん」

ちょっと目立ったことをすれば、悪く言われる。これは中学生なら誰でも知っている世の中のオキテだ。劇団に入った時から、それはちょっぴり予想出来たことだった。

だから彩希は教えられたとおりスマホを操作した。そのとたん汚い言葉がいっぱい飛び込んできた。

「あんなブスがマジで!?」

「音読マジコワかった」

「カン違いにもほどがある」

すぐに消した。しかしいったん目にした言葉の威力はすごくて、彩希の心の奥深くつきささった。

やっぱりふつうのコが、何かしちゃいけなかったんだ。だからバチがあたったんだ。本当にそう思う。

「私なんかさ、やっぱり……」

言いかけて次の言葉が出てこない。つぶやいたとたん涙が出た。

「やっぱり、なんかやっちゃダメだったんだ……」

「どうして劇団行かないのよ」

お母さんが声をかけてきた。

「このあいだまで、あんなに張り切って行ってたのに。どうしたのよ」

「別にィ……。期末試験も近づいてきたし」

「だから最初に言ったでしょ。勉強との両立ちゃんと出来るかって。そうしたら彩希ちゃん、ちゃんとするから行かせてくれって」

「……」

「一年間分の授業代、もう払ってんだからちゃんと行きなさいよ」

お母さんがガミガミと続ける。

「本当にさ、彩希ちゃんって何をやっても続かないんだから」

彩希はダイニングの椅子から立ち上がった。これ以上お母さんと一緒にいると、本当にむかついてくる。それなのにお母さんの声が追いかけてきた。

「もしやめるんだったら早くしなさいよ。お母さん、だらだらとどっちつかずが大嫌いだから」

お母さんのウザさというのは、もう我慢出来ないぐらいだ。本当にイヤッ。

彩希は迷っている。劇団に通うのはとても楽しかった。演技というのは、与えられたセリフを覚えて口にすることではない。この人はいったいどういう人で、どうしてこういうことを言うのか、よく考えなさいと教えられた。自分なりに登場人物を想像する。そして〝誰か〟を必死に創り出していく。演技トレーニングの日がどれほど待ち遠しかっただろう。日本舞踊の時間だって、だんだん楽しくなっていったのに……。

彩希は友人たちにメールを打った。

「劇団やっぱりやめることにした。もともと試しに一学期だけ行ってみただけだから」

桃香についた嘘と同じことをここでも言った。そして彩希は自分のことがすっかりイヤになる。お母さんが口にした、

「何をやっても続かない」

という言葉が何度も頭の中に浮かんだ。

自分って本当にダメな子じゃん、と思う。友だちに嫌われたくなくて、好きになったものを好きじゃないふりをしているんだ。

石川莉子たちとはあれからもずっと付き合いはない。ただＬＩＮＥの悪口は消えたようだ。

「アイドルになるっていうならともかく、劇団に入るっていうのは少しも羨ましくなんかないいんだけど、ただふつうのコが何かやるとさ、あの人たちはムカツクみたいね」

そうか、やっぱりそうか。私はふつうの女の子として、しちゃいけないことをしてしまったんだと彩希は考える。でも、やっぱり納得出来ない。しちゃいけないって、いったい誰が決めたんだろうか。

そんな時、劇団の赤石先生から電話があった。

「彩希、どうしてんの」

先生が、何だか懐かしい。〝彩希〟と呼び捨てにされるのも嬉しかった。

「年鑑《ねんかん》出来てるよ。見においでよ」

それはテレビ局や雑誌社、広告代理店などに配付する劇団のタレント年鑑だった。先日写真を撮られ、中学生の部に彩希も載っているはずだった。

「彩希、すっごく可愛く写ってるよ。あれならオーディションいっぱいくるかも。だから早くレッスンに来なきゃダメよ」

「あの……」

うまく言葉が出てこない。

「ちょっとレッスン、お休みしようかなァって思ってるんです」

「ふうーん、どうしたの」

「あの、勉強が急に忙しくなっちゃって」

「勉強も大切だけど、あれだけ一生懸命お稽古してたんだからもったいないわよ」

そして最後に先生は言った。

「何もしないでいると、ふつうの子になっちゃうもの」

彩希は小さくあっと声をあげた。ここでは「ふつうの子」がまるで違った意味になっていたからだ。

「ふつうの子になるのはつまらないでしょう」

と赤石先生は言っている。ふつうの子じゃないといじめられるから、とにかくふつうの子に戻りたいと彩希は考えていたのに、

「早く時間つくって劇団にいらっしゃい。みんな待ってるわよ」

赤石先生は言った。

アンナからもメールがきた。

「サキーどうしたの。この頃お休みじゃん。私たちこのあいだ新しい劇やったよ。セリフいっぱいあるやつ。早く来ないと遅れちゃうよ」

あの仲間の中に戻っていきたいと思うけれど、クラスメイトのことを考えると足がすくんでしまう。劇団には行かなくても済むけれども、学校に行かないわけにはいかないんだもの。


それから半月たった。土曜日の午後だった。

自分の部屋で漫画を読んでいた彩希は、興奮したお母さんの声を聞いた。

「えー、すごいじゃない。へえー、本当!?　すごい、すごい」

お母さんが電話で誰かと話している。

「マジでうるさい」

冷蔵庫に飲み物をとりに行くついでに文句を言った。

「ママの声がうるさくって、勉強全然出来ないじゃん」

「だってね、来週美冬ちゃん、ドラマに出るんですって」

「え！」

「美冬ちゃん、オーディションに受かって、来週の『サスペンス劇場』に出るんだって」

「サスペンス劇場」と聞いて彩希はちょっと心がなだらかになった。なぜならこの番組は単発だからだ。連続ドラマならすごく嫌な気分になったと思うけど、

「へえー、すごいじゃん。それで何の役？」

お母さんに、嫉妬してるなんて思われたくない。だからすごく明るい声を出した。

「何でも犯人の娘役らしいよ。ちょっとしか出てこないって。しかも回想シーンなんだって。でもね、ちゃんとテレビ局のオーディション受かったって、玲子は大喜びしてるのよ」

玲子おばさんはちょっぴり太っていて、彩希のお母さんの妹だが、フケてお姉さんに見える。それなのにどうして、美冬みたいなコが生まれたのか、親戚中が不思議がっている。

「これをきっかけに、プロダクションもがんがん売り出すらしいわよ。本当にすごいわねぇー」

「ふうーん」

全くお母さんの無神経さというのは、表彰ものだ。もし、「世界無神経母コンテスト」というのがあったら、日本代表になれると彩希は思う。まず声が大きく、と

ころ構わず喋り始める。それもいつも彩希のいちばん触れてほしくない部分を、かりかり爪でこするようなことを言うのだ。

「ちびまる子ちゃん」も、いつもお母さんのことをウザがっているが、あれで文句を言ったらバチがあたると彩希は考えている。

今だって、

「美冬ちゃんはすごいわ。それにひきかえ、彩希ちゃんときたら」

と言う。

「テレビに出る前に飽きちゃったじゃないの、せっかく劇団入ったのに」

「私は、テレビに出るのが目的じゃない」

彩希は怒鳴った。

「お芝居を勉強したかったのッ」

「なんだって同じことじゃない。ちゃんとやるからって、高い授業料払ってあげたのにさ」

本当に腹がたった。人っていうのは、こういうことから非行に走るんだと思ったほどだ。

だから次の火曜日、絶対にお母さんとテレビを見るものかと決めていた。ところがお母さんは前日になって、飲み会に出かけることになった。

「ジムで一緒の人が、ご主人の赴任でシンガポールへ行くことになったのよ。だからジム仲間で送別会をすることになって」

お父さんに話していた。お母さんは週に二回くらい駅前のジムに通っていて、そこで仲よしがいるのだ。

「カレーつくっておくからよろしくね」

お父さんも遅いというので、鍋のカレーを温め、お兄ちゃんと一緒に夕飯を食べた。お兄ちゃんは何があるのか、ものすごい早さでカレーを食べ終わると自分の部屋に戻っていった。

彩希も自分の部屋で宿題をしていたが、どうも落ち着かない。ちらちらと時計を見てしまう。幸いなことにあのウザいお母さんは留守でお父さんも遅いのだ。

「やっぱり、ちょっとだけ見ちゃおうかな」

居間に行って、テレビの電源を入れた。長いCMがあって「サスペンス劇場」が始まる。舞台は北陸の古都で、のっけから病院の院長が殺された。女性刑事は病院の秘密を解き明かしていく。十年前にここでは医療ミスがあり、少女が亡くなったのだ。三十分もしないうちに犯人はすぐにわかった。娘をなくした有名な陶芸家なのだ。

四十五分たった頃に美冬が出てきた。思い出のシーンなので、ちょっとぼやけている。

美冬は髪をふたつに分け、パジャマを着てベッドに横たわっている。ちょっと見ない間に美冬はすごく可愛くなった。だけどそれ以上に芸能人っぽくなっていて彩希は驚く。笑顔がものすごくわざとらしいのだ。

「これって入山《いりやま》みゆ以上じゃん！」

みゆは、中学生女子に嫌われる女性タレントナンバー1と言ってもいい。バラエティ番組で何かからかわれるたびに、

「みゆ、泣きたくなっちゃう！」

と唇をとがらせる。今やみゆは、ぶりっ子で嫌われる子の代名詞になっているぐらいだ。

美冬は薄幸な少女を演じようと必死だ。作り笑いを浮かべ、小首をかしげる。

「パパー、早く退院出来ないかなァ。退院したらまっ先に海にドライブに連れていってね」

そして犯人は、娘との思い出の海の浜辺で自分の罪を告白するというお決まりの

筋運びだ。

そんなことよりも、彩希は美冬の演技に呆れてしまった。発音もよくないし、何よりも「演技しています」という感じがミエミエだ。

赤石先生だったらこう言うに違いない。

「可愛く見せよう、可愛くものを言おう、なんて考えちゃダメ。人に何か言う時の顔を、鏡でよく見てごらんなさい。口角を上げて喋ってないでしょう。あんなことをするのは、そういう役割の女性タレントぐらいよ。わかってるわね」

そうだよ。こんなの演技じゃない。パチッとスイッチを消した。

「こんなので、テレビに出たって得意がってバカみたいじゃん」

思わず声に出してびっくりした。後ろにお父さんが立っていたからだ。

「えっ、いつ帰ってたの」

「お母さんに録画頼まれてるの忘れてて、急いで帰ってきた。そしたら彩希がものすごい顔で見てるから……」

声をかけづらかった、ということらしい。彩希は恥ずかしくてたまらない。だけどお母さんにだけは見られなくて本当に良かったと思う。

「彩希、負けるんじゃないぞ」

突然お父さんが言った。

「こういうコに負けんなよ」

「……」

「世の中、頑張るコと運のいいコがいる。運のいいコの方が最初は前に出ていくけど、残るのは頑張るコの方だ。わかったな」

うん、と彩希は頷いた。それからお父さんは彩希の頭を撫でた。

「頑張るコは目立つ。でもそれでいいんだ。頑張ることを馬鹿にする奴らを、彩希は笑ってやれ」

彩希はもう少しで涙が出そうになった。


彩希はまたレッスンに通い始めた。もうクラスのみんなに言いわけをしたりはしない。人がやっているＬＩＮＥを覗くこともやめた。

お父さんに言われてやっと気づいた。自分の大好きなことを、他人のせいでやめることはないんだ。意地悪をするコは、自分の好きなことをまだ見つけられない。

だから見つけたコのことをいろいろ言うんだ。

「それはつらいことかもしれないよ」

お父さんは言った。

「見つけてしまったコは、いろんなことを言われるかもしれない。だけどね、お父さんとお母さんは、彩希をそれに耐えられるくらい強いコに育てたつもりだよ」

それで彩希は心を決めた。また劇団の教室に行き始めたのだ。

お父さんはごほうびと言って、お芝居を見に連れていってくれた。渋谷のシアターコクーンという劇場だ。ここは日本の中でも、特に人気と実力のある演出家や俳優がお芝居を見せるところだという。

そのお芝居は未来からやってきた少女が、壊れかけた家庭を再生するというストーリーだ。

主役をやっている女優さんは、ドラマでもよく見る。ドラマに出てくる時は、ふつうの美しい女優、という感じだったけれども、舞台では泣いたり、大声で笑ったりする。すべての感情をむき出しにする。

「ねえ、パパ。舞台のお芝居ってやっぱり大変なんだね」

幕間《まくあい》の時間、ロビーでウーロン茶を飲みながら彩希は言った。ストーリーは入り組んでいてよくわからない。みんなが笑うところもついていけなかった。しかし俳優たちの演技に彩希は興奮していた。

「そりゃ、そうだよ」

学生演劇をやっていたお父さんは大きく頷く。

「テレビや映画の俳優も、みんな舞台に立ちたがる。そして一回でもやるとやみつきになるんだ。そのくらい面白いんだ。なにしろいろんな方向から観客に見られている。だからじっと立っている時も演技しなきゃならないからな」

「そうなんだ……」

彩希は学園祭の時のことを思い出す。演技なんて何もしなかったけれど、お父さんは二つのことだけ教えてくれたっけ。

「必ず前を向いていること」

「大きな声ではっきりセリフを言うこと」

あの時は本当に楽しかった。お芝居が終わって大きな拍手をもらった時、体が痺れるような感じになった。あれを感動するって言うんだ。

また舞台に立ちたい。でもテレビや映画にも出てみたい。セリフというものを口から出してみたい……。

彩希はウーロン茶の残りをひと息に飲み、そして言った。

「パパ、今日は連れてきてくれてありがとう」


「オーディションが決まったよ」

赤石先生が言った。

「彩希、すごいわね。さっそくオーディションのクチがかかったのよ」

彩希の写真とプロフィールが年鑑に載ったのはつい最近のことだ。ちょっとおすましした写真と、生年月日、体のサイズ、靴の大きさが書かれている。これを見てテレビ局から、オーディションにくるようにと声をかけられたのだ。

「うちからは、彩希ともう一人、アンナが行くのよ」

それは秋から始まるドラマのためのオーディションだという。

事務所の女性に連れられて、アンナと彩希は赤坂にあるテレビ局に向かった。

「そんなに緊張することないじゃん」

アンナがささやいた。

「この役もさ、本当はもう決まってるんじゃないかと思うんだ」

「そうなの?」

「そうだよ。私ね、もう何度もオーディション行ってるからわかるんだ。なんかよくわからないけどさ、同じ事務所から何人も選ぶとまずいことになるらしいよ。それでさ､他にも声をかけてオーディションを一応するらしい。でも本当はもう決まってるワケ」

そしていよいよオーディションが始まる。彩希にとっては、生まれて初めてのオーディションだ。

「緊張することはないんだよ」

アンナに何度も言われていたけれども、何度も大きく深呼吸した。

「十六番から二十番の人、部屋に入ってください」

彩希はさっき渡された、18という数字のプレートを胸につけて部屋に入った。四人の男の人と、一人の女の人が長いテーブルについていた。

「はい。それでは一人ずつ、番号と名前を言ってください」

「はい、十六番、遠藤由奈《えんどうゆな》です」

「はい、十七番、前川《まえかわ》かれんです」

すごい、このコ、笑顔のままはっきりと自分の名前を発音している。

「十八番、平田彩希です」

気をとられたせいか、はい、と元気よく挨拶するのを忘れてしまった。仕方ない……。

「それでは十六番の人から、さっきのセリフを言ってください」

十六番の子は、とてもうまくセリフを喋ったが、十七番の子はもっと上手だった。

終わった後、真ん中に座っていた髭をはやした男の人が言った。

「えーと、前川さんだね」

「はい」

また元気な返事。

「あなたの得意なこと、何か教えてくれるかな」

「はい。三歳からずっとクラシックバレエやってます」

どうりで姿勢がいい。可愛いといえば、さっきのカナリア色のワンピースの女の子の方がずっと上だが、この子は顔が小さくて笑顔がとてもいい、と彩希は思った。

「じゃあさ、なんかポーズをとってくれるかな」

「はい。アラベスクをします」

かれんは素直に片手をあげ、大きく脚を上げた。パンツが見えそうになってもへっちゃらだ。

「はい。どうもありがとう」

男の人はそう感動するでもなく言った。

「それでは十八番の人」

いよいよ彩希の番だ。口がパクパクする。でもさっきのアンナの言葉を思い出した。

「緊張することはないよ。この役は決まってるんだもの」

えい、と覚悟を決めた。ここをオーディション会場ではなく、いつものレッスン場と考えることにしよう。

「ママ、そんなのおかしい。絶対におかしい。ママは悪くないわ……」

自分でもとてもよく声が出たと感じた。が、それっきりだ。前の十七番のコのように特別の質問をされることもなかった。

結局アンナも落ちて、二人で帰りにマックに寄った。

お母さんからちょっぴりお小遣いをもらってきたので、特別にビッグマックを頼んだ。それを頬張りながら、

「あっさり落ちちゃった」

とアンナに言ったら、

「あったり前じゃん」

と笑われた。

「オーディションなんか落ちるものなんだから」

「アンナは受かったことあるんでしょ」

「うん。それは小学校三年の時だよ。連ドラの主役の回想シーン。だから二回しか出なかったよ。あとミュージカルにもちょっと……」

「すごいじゃん」

「子どもの頃の方がさ、仕事あったかも。中学生ぐらいってさ、いちばん少ないんだよね。そういう役がないから。もっと子どもだったらさ、オーディションもしょっちゅうあるけどさ」

「そうかあ……」

そういえばテレビドラマでも、中学生が出てくるのはあんまりないかも。

「高校生になったらさ、オーディションがもっと増えるけど、今度は大人の役になる。そうするとさ、スカウトされたチョー可愛いコとか、美人のコとかがいっぱいいるワケ」

「アンナだっていいじゃん。可愛いじゃん」

「えっ、私？　マジで言ってる？」

アンナはストローでアイスコーヒーをちゅっと吸った。

「あのさ、私レベルなんかだと可愛い、なんて言われないよ。私、このあいださ、ＣＭのオーディション行ったら、もうぶっとんだもん。同い年ぐらいなのに、化粧ばっちりのめちゃ可愛いコばっかり。マネージャーもついててさ、もうタレントさんって感じだもん」

「ふうーん」

彩希はこのあいだドラマでデビューした、イトコの美冬のことを話そうかどうか迷ってやっぱりやめた。

「あのさ、今日のオーディション、彩希のグループのかれん、っていうコが決まったんじゃないかな。帰る時、別室に呼ばれてたの見たもん」

「えー、だってアンナ、あのコに決まってるって別のコを教えてくれなかった？」

「うん。私もちょっと意外。あのかれんって女の子、別の児童劇団に入ってて、ミュージカルのオーディションで会ったことある。今度選ばれるなんて意外だな」

アンナはちょっと照れくさそうだ。事情通ぶって、

「この役はもう決まってる」

と言ったことが恥ずかしいのかもしれない。

でも彩希はちょっぴり嬉しい。生まれて初めてのオーディションが、とても公平なものだったということがわかったからだ。


「彩希、喜びなさい。またオーディションに行けるのよ」

赤石先生が言った。

「えー、本当ですか」

先日のオーディションから、まだ半月もたっていない。

「このあいだ、彩希はテレビ局に行ったでしょ。その時の審査員の中に、演出家の村上拓二《むらかみたくじ》さんがいたのよ。えーと、村上拓二って知らない？」

「知りません」

「ま、知らなくても仕方ないか。ほら『恋してそして』をつくった人よ」

「あ、それなら見たことあります」

確か二十数パーセントの視聴率を取った人気ドラマだ。男の人と女の人との恋愛がごちゃごちゃ入り組んでいたストーリーは、あの頃小学生だった彩希には、決して面白いものとは言えなかったが……。

「それでね、その村上さんが、彩希のこと見てて、ちょっと面白いコだって。今度のドラマには向いていないけど、自分の知り合いのプロデューサーが映画に出るコを探してるからどうだろう、っていうお話なの」

「えー、映画ですか」

彩希は今まで映画をあまり見たことがない。ジブリとディズニーくらいだ。

「映画って、ものすごくセリフを喋るんでしょう」

「基本はテレビと同じよ。だけどつくっている人の思い入れが、ものすごく強いね」

先生は彩希にプリントアウトした紙を渡してくれた。それはセリフひとつだけではなく、五つのシーンがつながったものだ。

「今度のオーディションは、このあいだみたいに短いセリフを言えばいいもんじゃないの。相手役になってくれる人がいるはずだから、このシーンのセリフは全部入れときなさい」

「全部って……。相手役の人の分もですか」

「あたり前でしょう。いい、彩希。これはあなたにとって、ものすごいチャンスなのよ。わかるわね。監督は関洋介《せきようすけ》なんだから、あなたは知らないかもしれないけど、ここんとこ売り出し中の実力派よ。おととしの日本アカデミー賞もとっている」

先生の方が次第に興奮してきた。

そのプリントしてあるものの表紙には『旅をする人』と書かれていた。

「シノプシスがないから、私が簡単に言うわね。おじいさんが認知症になっちゃって、どうしても昔働いていた炭鉱に戻りたい、って言うの。そこの祭りに出たいって。そのおじいさんは、ガンを患っていてもう半年しか生きていられないの。それで家族たちは考えるの。みんなで昭和三十年代の炭鉱を再現しようって。彩希の役はおじいさんの孫娘なんだけど、もうひと役で幻想の女の子を演じるの。すごくむずかしい役よね」

「孫娘で幻想の人ですか？」

「えーとね、主役のお父さん役は、倉持良《くらもちりよう》だけど、あとはそんなに有名な人は出ない。予算は少ない地味な映画だけど、スタッフもベテラン揃いよ。これ、もしかすると映画賞だって狙えるかもしれない」

次第に先生の口調は熱を帯びてきて早口になる。

「オーディションに呼ばれただけですごいことなんだから」

「あの、先生……！」

やっと彩希は口をはさむことが出来た。

「その演出家の人は、私のどこがよかったんでしょうか」

「ふつうだったからに決まってるじゃないの」

先生は言った。

「この頃の女の子は、みんなアイドルみたいなコばっかりで、あなたみたいなふつうの顔をしてるコは少なくなったんだもの」

そう言われると複雑な気分だ。

「私ってそんなにふつう？」

わかっているつもりだけど、人に言われるとあまり嬉しくないかも。


〝ふつうの女の子〟って言われるけれども、それっていったいどんなことなんだろうかと彩希は考えてしまう。

前に赤石先生は言った。

「この世にふつうの子どもなんて一人もいないんだ」

演技の勉強をしたいとこの劇団に入ってくるだけで特別の子どもなんだって。劇団に入っていなくても、野球やサッカーをしていなくても、ピアノがうまくなくて

も、生きて生活しているだけで、

「子どもはキラキラ光っているんだよ」

と赤石先生は言ったものだ。

そして彩希は今、電車に乗ってオーディション会場に向かっている。

電車の中で事務所の石井《いしい》さんが教えてくれた。これから行くところは有名な映画会社の撮影所だと。

「私も生まれてない頃、五、六十年も前の話よ。その頃テレビも普及してなくって、みんなの最大の楽しみは映画を見ることだったのよ」

「へえー」

「新作がかかると、みんな映画館に詰めかけて、扉が閉まらなくなっちゃったんですって。私の親の話を聞くと、夕飯が終わった後に家族で、近くの映画館へチャンバラ映画とか見に行ったりしてたみたいよ。その頃は町内にひとつかふたつは必ず映画館があったらしいから」

石井さんの年は知らないけれども、三十代半ばぐらいだろうか。事務所のやさしいお姉さん、といった感じの人で、遠い場所だとこうしてオーディションにつき添ってくれたりするのだ。三十代の石井さんが遠い世界のように語る映画全盛期の頃は、今日行くのは、昔の人はテレビやネットゲームを楽しむように映画館へ行ったらしい。今日行く撮影所は、今から六十年ぐらい前に建てられ、「白亜の夢工場」と言われたそうだ。広大な敷地に真っ白いビルが建った時、みんなびっくりしたという。


彩希にとっては、はるかに遠い。

「そんなことって、本当にあったんですね……」

　昔の人はテレビやネットゲームを楽しむように映画館へ行ったらしい。今日行く
撮影所は、今から六十年ぐらい前に建てられ、「白亜の夢工場」と言われたそうだ。

広大な敷地に真っ白いビルが建った時、みんなびっくりしたという。

「だけど映画がすっかりダメになってから切り売りばっかりしていて、元の敷地の十分の一もないらしいわよ。今は細々と貸しスタジオにしてるんだけど、それでもところどころ、昔の趣が残っていて面白いわよ。『結髪部《けっぱつぶ》』なんてのもあるし」

「石井さんって、すごく詳しいんですね」

「ふふ……。こう見えても私、大学は映画学科を出てるのよ。この撮影所にはバイトで時々来てた」

「じゃあ、女優さんをめざしてたんですか」

「違うわよ。演出をやりたかったの」

　事務所のお姉さん、という感じだったのにちょっと意外だ。

「あの、石井さん、そんなに映画って面白いですか」

「面白いわよー。あのね、一回でもやるとやみつきになって、私の同級生の中には

食べられない映画人になったのがいっぱい。それでもね、映画の世界から抜け出せないって」

「私のお父さんは、学生時代にお芝居やってて、その時ものすごく楽しかったって。今はふつうのおじさんだけど……」

「そうなんだね」

やがて電車が、神奈川の県境に近い郊外の町に着いた。

そこからバスに乗って四つめの停留所に着く頃に、建物が見えてきた。ふつうの灰色のビルと、倉庫のような建物がいくつかならんでいる。倉庫の方は「ステージ」といって、映画専用の大きなスタジオなんだそうだ。しかし、今日彩希たちが行くのはそちらの方ではない。かなり古くてボロっちいビルの方だった。そこで今日は、映画のオーディションが行われているのだ。

彩希と同じような年頃の女の子たちが集められていたが、前のテレビドラマの時ほど多くはない。十二、三人といったところだ。ひとりずつ呼ばれて中に入っていく。テレビの時よりもずっと丁寧といってもいい。

同じことといったら、前に大人が並んでこっちを見ていることだ。このあいだ彩希のことを見つけてくれた、有名な演出家って誰だろうと見たけれどもわからなかった。この年代のおじさんたちはみんな同じ顔に見えるんだもの。

「平田彩希です」

順番が来て彩希は名乗った。

「平田彩希さんね」

たった一人だけいる女の人が念を押すように言った。

「それじゃあ、プリントの五ページのところ読んでくれますか」

「はい」

それはあらかじめ渡されていた台本の一部だ。彩希はプリントを閉じたままセリフを口にする。すっかり暗記していた。

「おじいちゃん……。ほら、もうじきサイレンが聞こえるよ。一番方が働きに行く時間だよ。おじいちゃん……やだ、どうしたの？　どうしてそんな不思議そうな顔をしているの？　おじいちゃん、ほら、朝ご飯。おじいちゃん、いつも言ってるじゃない。炭鉱の男は体が資本だ。だから朝めしは腹いっぱい食べなきゃって」

ここで終わるかと思ったら、別の男の人が次のセリフを読んだ。

「俺はいったい夢を見てるのか？　ここはあの福岡の東奇町じゃないか。だけどどうしてお前がここにいるんだ？」

おじいさん役をやってくれているのがわかったので、彩希はすぐ後を続けた。

「おじいちゃん、ねぼけてるの？　さぁ、早くご飯食べようよ。おじいちゃん、もう納豆はかきまぜてあるからね」

「おう、ありがとう」

「父ちゃんと母ちゃんは、もう炭鉱へ行ったよ。今日はおじいちゃんは休みだから、ゆっくり家にいればいいよ」

「そうはいかんだろ。俺もそろそろ出かけなきゃ」

「そうだね。おじいちゃん、そろそろ仕事に行かなきゃね。その前に朝ご飯ちゃんと食べようよ。食べなきゃ何も始まらない、っていうのおじいちゃんの口癖じゃん」

　これは認知症の祖父のために、一家が故郷でお芝居をするというストーリーだ。今も現役の鉱員だと錯覚する祖父に寄り添っていく孫娘のセリフは、淡々としているようでとても重要だ。なぜならちょっとけげんな面持ちになるおじいちゃんを、会話をかわしながら日常生活にひきこむシーンなのだ。だからわざとらしく話してはならない。かといってあまりにもふつうに語りかけると、この孫娘の意図が伝わらないのだ。

「おじいちゃん……。玉子いる？　あのさ、お漬け物切ってあげるよ。おじいちゃん、あれ……眠くなったのかな……」

「はい、ありがとう」

真ん中に座っていた男の人が言った。

「ちょっと時間がかかるけど、結果がわかるまで待っててね」

「わかりました」

会議室のようなところに行くように指示された。他に誰もいない。ペットボトルを差し出して石井さんがにこにこしながら言った。

「彩希ちゃん、帰されてる子が何人かいるわ。ここで残れるっていいことかもしれない」

「そうですか」

「そうよ」


待っている間、彩希はスマホを取り出し、メールを打った。まずはお母さんに、

「ママへ。オーディションがまだ続いてる。今日遅くなるかも。でも事務所の人が駅まで送ってくれるって」

もしかすると私が選ばれるかも、という言葉をつけ加えようとしてやっぱりやめ

た。そんなことありえそうもない。

その後は、持ってきた本を読んだ。最近わりと気に入っているホラー作家のものだ。

赤石先生は言った。

「オーディションで待っている間も、審査員は君たちのことを見ているよ。別に就職試験じゃないんだからかしこまっている必要はないけど、やたらスマホをいじっているよりも本を読んでいてほしいな」

彩希はそんなに本が好き、というわけではなかったけれども、今のこのドキドキを静めるのはやはりスマホではなく、本のような気がしたのだ。面白い本ならば、時間のたつのをずっと忘れさせてくれる。

だけどやっぱり、その日彩希はなかなか物語の世界に入ってはいけなかった。さっきの石井さんの言葉だけが、ぐるぐる頭をまわっている。

どのくらい時間がたったのだろうか。ドアがノックされ、若い男の人が顔をのぞかせた。

「あの、さっきの部屋にもう一度来てくれませんか」

「彩希ちゃん」

「石井さん」

二人は顔を見合わせた。廊下を通って部屋に入る。石井さんもついてきてくれた。

審査をしていた人たちは、さっきのように一列に座ってはいない。二人は立って何やら打ち合わせをしていた。そのうちの一人が、彩希の方を振り向いて尋ねた。

「平田彩希さんだね」

「そうです」

「学校は公立なの、それとも私立なの」

「公立です」

「じゃあ、学校休むのむずかしい？」

「大切なことなら、休むのは大丈夫です」

「大切なこととはよかったなあ」

男の人は笑った。

「あのね、撮影開始は二ヶ月後。後半は夏休みにかかるから、そんなに休むことはないと思うよ。君に孫娘をやってもらいます」

彩希は今、福岡から車で一時間ほど行った町にいる。ここで映画のロケが行われているのだ。

認知症のうえに、ガンで余命を宣告されているおじいさんを元気づけるために、お祭りを再現しようとする家族の物語だ。おじいさんを炭鉱の町に連れてきて、あたかも今が昭和三十年代かのようにみんながふるまう。しかしここには深い意味があった。お父さんは自分の出自を疑っている。本当におじいさんの子どもかどうかをだ。本当は貰い子ではないかと。

やがておじいさんは当時の自分になって行動を起こす。炭鉱事故で亡くなった仲間の子どもを引き取ろうと言い出すのだ。

地味な映画だし、予算も少ないけれども、いい俳優さんが揃っていると赤石先生は言った。お父さん役の倉持良さんは舞台出身で、演技がとてもうまいことで知られていた。お母さん役、おじいさん役の俳優さんも初めて知る名前だけれども、すごい実力派ばかりだそうだ。

ロケは早朝から夜遅くまで行われる。もっとも中学一年生の彩希は、法律によって九時以降の撮影には加われない。これはとても残念なことだった。

「ずっと私もいたいのに」

毎日が楽しくて楽しくて仕方ない。毎朝、みなで顔を合わせて軽くミーティングをする。監督からいろんな指示や提案がある。そして撮影が始まる。カチンコが鳴る。照明さんや音声さんがいっせいに動き出す。

大人の俳優さんたちと向かい合って演技をする。緊張するなんてもんじゃない。もし自分が失敗して、このシーンがやり直しになったらどうしようと最初は考えていたけれども、すぐにそんなことは忘れてしまった。孫娘ナツミになりきれば、セリフは自然に口から出てくるものだと気づいたのだ。〝なりきる〟ということはとてもむずかしくて、自分にできるんだろうかと心配だった。けれどもわかった。映画のカチンコとライトは魔法をかけてくれる。助監督さんがあれを鳴らしたとたん、彩希のまわりの世界は一変する。別の世界に入っていくのがわかるのだ。

そのことをお父さん役の倉持さんに話したら、

「その年でそういうことを出来るなんて、サキちゃんはすごいよ」

と褒められた。

「役なんてこの年になっても、うまく入っていけないもの」

お母さん役の伊藤美芽子《いとうみめこ》さんも彩希にいろんなことを教えてくれる。

「サキちゃん、さっきのシーン、もうひと呼吸置いてから言った方がいいわよ。その方が大切な話をしてる、ってわかるから」

ロケ隊が泊まっているのは町の小さな旅館だ。最初のうちはお母さんがついてきてくれていたが、彩希がまわりの大人たちと、とてもうまくなじんでいるのがわかり、いったん東京に帰った。

みんなでご飯を食べ、一緒のところに泊まっているうち、なんだか家族のようになってきた。彩希はいつのまにか倉持さんと伊藤さんのことを、「お父さん」「お母さん」と呼ぶようになった。

ロケが始まって十日ほどたったある日、お母さんからメールが入った。

「テレビ見てごらん。九時からのバラエティ『やっぱり来たよ』を見て。びっくりすることあるから」

言われたとおり、旅館のロビーにあるテレビをつけてみた。『やっぱり来たよ』は、この局の人気番組だ。ここは飲料メーカーがスポンサーになっている。

やがてタイトルが流れ、CMが始まった。ショートパンツ姿の女の子が、オレンジ畑を走ってくる。

「ゴクゴクしちゃうからー」

とても可愛い女の子だ。アップになる、飲料水を飲んでいる横顔。

「美冬じゃん！」

思わず叫んでいた。芸能事務所にスカウトされたイトコの美冬である。

「へぇー、このコ、可愛いね。サキちゃんのイトコなんだ」

まわりにいた大人たちが驚いた声を出す。

「美冬っていうんです。このコ、昔っからすっごく可愛くて、渋谷を歩いてたらスカウトされたんです」

不思議だ。嫉妬する気がまるで起きない。それどころか明るく美冬のことを喋っている。自分が映画に出ている高揚のおかげで、イトコの成功を素直に喜んでいるのだ。

「すっごいなァ、サキちゃんとこ。サキちゃんは映画、イトコはCMに出てるんだ。こんなのちょっとないよ」

褒めてくれる人もいてとても嬉しかった。彩希はその夜さっそく美冬にメールを打った。ふだんあまり会わないイトコだけれど、メルアドぐらいは交換している。

「ミユ、すごいじゃん。CM見たよ。メチャ可愛かったじゃん」

「おとといから流れてるんだ。見てくれたかと思うとちょっとハズカシイ」

と絵文字の後にこんな文章があった。

「サキの方こそすごいじゃん。映画に出るんでしょ。ロケに行ってるってママから聞いた。　実はね、私も今度連ドラに出ることになってるんだ。山口瑛一の娘役なん（やまぐちえいいち）だけど、演技なんかあんまりしたことないから心配。サキ、今度いろいろ教えてね」

このメールを読んだらやっぱりイヤな気分になった。彩希が努力して勝ち取ったものをあっさり超えられていくような気がする。ただ可愛いっていうだけで……。

「ダメ、ダメ」

彩希は首を横に振る。どうして人のことをうらやんだりするんだろう。自分だって映画に出るっていうすごいことをやっているんだ。それなのにいじけたりするのはとてもおかしなことだ。

「ミユ、よかったね。山口瑛一の娘役なんてすごいじゃん。今度サインもらってね」

山口瑛一は大人気の俳優さんだ。このあいだ出たドラマは、確か視聴率が三十パーセントを超え、社会現象にまでなった。その人が出るからきっと今度のドラマもすごい話題となるだろう。

そこへいくと、こちらの映画の方は大変らしい。このあいだも旅館でご飯を食べている時、大人のスタッフたちが何やら話していた。

「まさかお蔵入りにはならないですよね」

とお父さん役の倉持さんが言ったのを聞いた。「お蔵入り」というのは、映画を撮ったものの映画館で上映されないことを言う。そういう映画は年間何十本もあるんだそうだ。

「まさか、そんなことにはならないだろうけど」

と監督さんが言った。

大人たちが話しているのを聞くともなく聞いていると、ちょっと大変なことが起こっているらしい。この映画の資金いっさいを出してくれているプロダクションが倒産してしまったのだ。

プロデューサーが、今駆けずりまわって資金をつのっているというのである。

「こんなに有名な俳優さんがいっぱい出ているのに、そんなことってあるんですか」

彩希が聞いたら、倉持さんは笑った。

「映画ってこういうことしょっちゅうあるんだよ。小さいプロダクションは、みんなひやひやするような綱わたりをやっているからね。でも俺たちには関係ない。お金のことなんか。俳優はいい芝居をすることだけ考えてればいいんだよ。サキちゃん、頑張ろう」

「あの……俺たちって、私もその中に入るんですか」

「もちろんだよ。サキちゃんはもうとっくに立派な俳優じゃないか。こうして映画に出てるんだ」

倉持さんはにっこりと笑い、彩希は幸せのあまりぼうっとしてしまう。

「俳優」だって。私はもう俳優さんなんだよと、世界中に叫びたい気分だ。だけどこの後、本当に大変なことが起こったんだ。


次の日、朝からみんなの様子がヘンだった。大人たちが集まってはひそひそと話し合っている。

この映画をつくっているプロダクションがついに倒産してしまった。そして出資していた会社が、資金を引き揚げてしまったという。

「えー、だって映画はもうちょっとで完成するんでしょう」

「うん、あと数カット残っているだけだけど、資金がなくなったらどうしようもないしね」

急きょプロデューサーの高坂《たかさか》さんが東京に戻り、もう一度資金の提供を頼むことになった。それで今日の撮影は再開されたのであるが、やっぱりみんな元気がない。もしかすると、このシーンは永遠に日の目を見ることがないかもしれないという不安がわいてくるからだろう。

その後、夕ごはんを食べながら大人たちの話を聞いて、彩希はいろんなことを知った。映画というのはいろんなつくり方があり、映画会社が自分のところでお金を出してつくるというのもある。それから、映画をつくりたい人たちが、いろんな会社に頼んで製作委員会を立ち上げる、というのがある。幾つかの会社がお金を出し合うのだ。この『旅をする人』には、二億円のお金が集まったという。

「二億円！」

彩希はびっくりした。そんな大金想像もつかない。けれどもお母さん役の伊藤さんが言うには、映画をつくるのに二億円というのは決して多くはない。

「大作になると数十億というのもあるのよ」

昔、伊藤さんはそういう映画に出たことがあるそうだ。戦争映画で軍艦のセットをつくるだけで何億円もかかったという。

「だけどその映画コケちゃってね……」

お客さんが入らなかったということだ。

「それでプロダクションは潰れちゃったのよ。大きなところだったんで、当時はすごいニュースになったわ」

彩希が生まれる前の話だ。

「そして私もね、それをきっかけに何だか考え方が変わってさ、花火をばーんと上げるような映画に出るよりも、地味でも良質のものに出ようと思ったらこんなことになっちゃうなんて……」

さみしそうに笑った。

「あの、この映画どうなっちゃうんですか」

「そうねぇ……高坂さん次第ね」

俳優たちを指導し、画面を考え、実際に映画をつくっていくのは監督さんで、プロデューサーというのは、そのずっと前から映画づくりをやっている。企画を考え、原作を見つけ出し、監督さんを選び、俳優さんたちのキャスティングにも力を持つ。そして何よりも大切なことはお金を集めてきて、映画によって利益を上げるようにすること。お客さんがいっぱい入ったら、その利益をお金を出してくれた人たちに分配するのだ。

アメリカのハリウッドでは、映画への投資はものすごく大きなビジネスになっているそうだ。

「だけどね、日本はそんなスケールじゃない。ちゃんと顔もあわせない、いいかげんなところがいっぱいあるから、今日みたいなことがあるんだろうなァ……」

と倉持さんはため息をついた。

そして次の日、関監督はみなを集めた。

「昨夜、高坂プロデューサーから電話がありました。撮影はいったん中止にしてくれということでした」

監督さんはまだ三十代の若い人だ。その人の目から涙がポロポロ出たので、彩希はびっくりしてしまった。大人が人前で泣くなんて初めて見た。

「それってどういうことですか」

後ろの方で声があがる。たぶん音声の高梨さんだ。このロケの間、彩希ととても仲よくなったスタッフだ。

「どうしても、資金が調達出来ないってことでした……」

「冗談じゃないよ！」

また男の人の声がした。

「俺たちのギャラはどうなるんだよ」

「それはちゃんと支払うようにいたします」

「ちゃんと払ってくれるんだろうな」

「見通し甘かったんじゃないの」

この声はいつも彩希の顔にドーランを塗ってくれる、ヘアメイクの佐々木《ささき》さんだ。

「どうしてこんな見切り発車したんですか？　ロケの途中で撮影中止なんて聞いたことがないわよっ」

「みんな」

最前列に座っていた倉持さんが立ち上がり、みんなの方を向いた。

「監督に文句言ったって仕方ないだろ。そういうことはプロデューサーに言うべきじゃないのかな」

主演の倉持さんが言ったので、みんなしんとしてしまった。

「ここでぐずぐずしていても仕方ない。金がかかるだけだ。みんなすみやかに東京に戻ろう」

「その帰りの飛行機代、ちゃんと出るんでしょうねっ」

また佐々木さんの声だ。

「夕方の便で高坂さんが戻ってきます。そうしましたら、皆さんが帰る便の予約をしてくれますから」

「本当だろうな」

と怒鳴り声がした。

彩希は悲しくて仕方ない。昨日まで同じ旅館に泊まり、みんな家族のように仲よくしてきたではないか。いい映画をつくろうと心をひとつにしてきた。それなのに、プロダクションの倒産をきっかけにみんなこんなにぎすぎすしてしまうなんて……。

「サキちゃんにイヤな思いをさせて悪かったね」

倉持さんが頭を撫でてくれた。

「だけどね、こういうのを見ていくのもいい経験だと思うよ。それにね、佐々木君も音声のやっちゃんも、お金を払ってくれないことで怒っててんじゃないんだ。こんなに一生懸命つくってる映画が中止になる。その憤りをぶつけてるだけなんだよ」

その夜、彩希はお母さんにメールを打った。

「今つくってる映画、ダメになりそう。お金がなくなっちゃったからだって」

すぐに返事がきた。

「なんでもプロダクションが倒産したんでしょう。ヤフーニュースにも出ていた。すぐに帰ってきた方がいいよ。お母さんがそっちに迎えに行こうか」

「大丈夫。他の人と一緒に帰る」

「じゃあ、羽田まで迎えに行くね」

了解のマークを送信して、彩希はそのまま布団に横になる。今日はいろんなことがあった。悲しいのと興奮とで眠れないだろうと思ったがそんなことはなかった。あっという間に深い眠りに落ちていった。


「サキちゃん、サキちゃん」

肩を大きく揺り動かされた。目を開けると、伊藤さんの顔があった。髪が結われ、ちゃんと化粧をしている。

「さ、起きて頂戴。シーン148の撮影から始めるのよ」

「えー、どういうこと?」

「あのね、昨日みんなで遅くまで話し合ったの。中止ってことになったけど、撮れるとこまで撮ろうって」

「えーマジ!!」

「そう、あのね、クライマックスのお祭りのシーン。地元の人たちも協力してくれることになっていたでしょう。だからどうしても撮ろうってことにみんなで決めたの」

大急ぎで起きて顔をぶるっと洗った。

「サキちゃん、悪いけど今日は朝ごはん抜きだよ。その代わりにこれ食べて」

助監督のエイちゃんが、お握りを差し出した。急きょ旅館の人に頼んでつくってもらったらしい。まだホカホカしている。

朝の七時だというのに、彩希以外の人たちはもう全員仕事にかかっていた。カメラマンたちも音声さんも照明さんも、みんな昨日と同じように機械の点検をしている。

「さっ、サキちゃん、急いで、急いで」

メイク室になっている部屋に入ると、佐々木さんがにっこりと笑った。

「みんなもうスタンバイしているよ」

「はい、ごめんなさい」

彩希は嬉しくて仕方ない。昨日は大人たちのいがみ合っている姿を見て悲しくてつらかった。ところがどうだろう。一晩たったらみんな魔法にかかったようだ。いや、魔法がとけたみたい、というのが正しいかもしれない。

今日のロケ地は、炭鉱町のかつての商店街だ。ここで認知症のおじいさんに、昔のようなにぎわいを見せるために神輿《みこし》が練り歩くシーンが始まる。担ぎ手たちは、近くの町の人たちがボランティアで出てくれることになった。

「ありがたいことだなァ……」

おじいさん役の保科《ほしな》さんがつぶやいた。この保科さんは、演劇畑《えんげきばたけ》で活躍している人ということであるが、めったに彩希に話しかけてくることはない。とてもおとなしい人だ。実際見るとまだ若く、おしゃれなおじさんだが、老人のようにメーキャップをし、ぼさぼさの髪をすると本当のおじいさんになる。衣装さんが用意していたものも、茶色のベストに、青い格子のシャツと思いきり野暮ったい。

「それじゃあ、いきます。神輿の皆さんはこの左側の角から入ってくるようにしてくださーい」

さっきお握りをくれたエイちゃんが、メガホンでみんなに指示を出す。

彩希は決められたとおり、保科さんの傍に立った。そしてお父さん役の倉持さんも、お母さん役の伊藤さんも、保科さんを囲むように立つ。

「サキちゃん」

監督が近寄ってきて言う。

「いい？　お神輿が通っている間、サキちゃんの手をアップで撮るよ。だからね、自然におじいちゃんを守るように背中に手をまわしてほしい。わかるね」

「わかります」

「はーい。それじゃ、本番よーい」

カチンコが鳴る直前というのは、あたりはしーんと静まる。すべての人たちが緊張感を持って心を整える時だ。

カチンコが鳴る。そうするとすべてのものがいっせいに動き出す。

ライトだけではなく、太陽さえも強い光を放ち始めた。

「わっしょい、わっしょい」

はっぴを着た人たちが神輿を担いでこちらの方に向かってくる。お母さんが叫ぶ。

「ほら、お神輿。お義父さん、お神輿ですよ」

おじいさんはつぶやく。

「ふうーん。今年の神輿はなんかかったるいなァ……」

「お父さん、何言ってんだよ。お父さんが毎年心待ちにしているお神輿だよ。ほら、わっしょい、わっしょい」

お父さんの後、孫娘のナツミのセリフがある。

「おじいちゃん、おじいちゃんもちょっと前まではお神輿担いでたんだよね」

「おお、そうだ」

保科さんは声までもとても年寄りくさくなる。

そしてしばらくセリフはない。ここはさっき監督から言われたように、彩希の手が演技する時だ。ゆっくりと手を伸ばして、保科さんの背中にまわした。ざらざらとした毛糸の手触りがする。なんか本当のおじいちゃんにさわっているような気分になった。

彩希はセリフにない言葉を心の中でつぶやく。

「おじいちゃん、いっぱいお神輿見てね。そして昔のことを思い出してほしいの……。おじいちゃん、お願いよ」

やがて神輿が四人の前から遠ざかっていく。

「わっしょい、わっしょい……」

それを見送る家族。

「はい、カット」

監督の声がまわりの人たちによってリフレインされる。

「はい、カット」

「カットされました」

「カットです」

みんなが神輿のまわりに集まり始めた。

保科さんも、伊藤さんも、倉持さんもだ。そして保科さんが大きな声で言った。

「いいじゃねえか」

おーっとわき起こるどよめき。

「いい映画じゃねえか。これをぶっつぶすと言ったら承知しねえぞ」

スタッフからパチパチと拍手が起こった。

「いいかァ。金がねえからって負けるのよそうなァ」

驚いた。さっきまでよれよれのおじいさんだった人が、まるでロックンローラーのようにこぶしを上にあげた。

「イエー！」

笑い声とさらに強い拍手が起こった。

「いいか！　オレたちは負けねえぞ」

そのとおり！　とたくさんの声がした。

彩希は気づくと泣いていた。〝お父さん〟も〝お母さん〟も、そして〝おじいちゃん〟もみんな泣いていた。

「映画ってなんていいんだろう」

心から思う。どんな困難にあっても、ちゃんとみんなの心はひとつになり、いい映画をつくろうということに向かっているのだ。

午後になるとみんな帰り支度を始めた。これから空港へ向かうのだ。今後のことは任せてくれ。ちゃんと完成させるから、とプロデューサーの高坂さんはみんなと約束した。

「サキ、近いうちにまた会おうな」

別れる時、高坂さんは大人みたいに握手をしてくれた。

「高坂さん、この映画、ちゃんと出来ますよね……」

「もちろんだよ」

「映画館で見られますよね」

「そんなこと心配するな」

と苦笑した。だけどとても疲れたような笑顔だった。お金の工面やいろんなことで、東京と九州を行ったり来たりしているのだ。

「完成披露試写会やるからな。そうしたらサキもちゃんと舞台挨拶するんだぞ。そのためにも、スピーチを考えとかなきゃな」

「はい、わかりました」

本当にそうだ。

帰りの飛行機の中、彩希はうつらうつらしながらそのスピーチのことを考えた。

「私が初めて出演した映画が完成して本当に嬉しいです。この映画はちょっと途中でお金が足りなくなって、撮影が中止になった時は、本当にドキドキしました。ロケ地で撮影がいったん中止になったんです。でもこれが完成して本当に嬉しいです」

それから私は最後にこう言うんだ。

「私はこれから大人になって、女優になっていきます!」

ぱちぱちぱちとたくさんの拍手……。

羽田に到着する少し前に目が覚めた。ターンテーブルでスーツケースを取る時、〝お父さん〟が手伝ってくれた。

「サキちゃんは、お母さんが迎えに来てくれるんだよね」

「はい、あそこにいます」

ガラスごしにお母さんが手を振っているのが見えた。

「だったらよかった……。あのね、サキちゃん、今連絡があって、高坂さんが倒れちゃったんだって」

「えっ」

「そうなんだ。あっちに残っていろいろ後始末をしていたんだけど、無理がたたったんだろうなァ」

「高坂さん、大丈夫なんですか」

「あちらの病院に入ったみたいだ。何人かがついているから大丈夫だと思うよ」

「よかった」

そして一緒に出口を通り、ロビーに出た倉持さんは待っていたお母さんに挨拶をした。

「いろいろお世話になったようで、本当にありがとうございました」

「いや、とんでもない」

倉持さんは手を振った。

「サキちゃんはとてもいい演技してましたよ。またどこかでお仕事一緒に出来るといいね」

それじゃあ、ともう一度さよならをして、迎えに来ていたマネージャーさんらしき人と行ってしまった。これからテレビ局でドラマの収録があるという。

「これで本当に終わっちゃうの……」

彩希は体中の力が抜けていくような気がした。私の大切なお祭りはこれっきりになるんだろうか。それも中途半端な形で終わっちゃうんだろうか。


あれから一ヶ月たった。

彩希が初めて出た映画は、どうやら宙ぶらりんのままのようなのである。

もうちょっとで完成という時に、プロダクションが倒産してしまった。それどころかプロデューサーの高坂さんが入院して、これ以上撮影を続けられなくなったのだ。

劇団の先生に聞いたのであるが、こういうことは映画の世界では、そう珍しくはないらしい。

「映画人ってすごい情熱家の分、お金のことなんかどこかいい加減なところがあるから、お金のトラブルはしょっちゅうだよ」

みんなからお金を集め、プロデューサーが行方不明になるなんてこともあるそうだ。

「じゃあ、あの映画はもうちょっとで出来上がるのに、ほったらかしにされるんですか」

「いやぁ、どうだろう。あれだけの出演者がいて八割方出来ているんだ。プロデューサーが元気になったら、足りない分はお金を集めてきて、きっと完成させるに決まってるよ」

本当にそうだといいんだけれども、彩希のところには何の連絡もないのだ。

こうしているうちに、イトコの美冬がすごいことになってきた。あの飲料水のCMから火がついたのだ。それはまさにブレイクといってもいいくらいで、

「あのコ、チョーかわいい」

「美冬ちゃん、信じられない、天使だ。かわい過ぎる」

という声が、あっという間にネットにとびかうようになった。

このあいだはバラエティ番組に出たぐらいだ。お笑いタレントさんが、

「さぁ、今話題の〝ゴクゴク天使〟、山崎美冬ちゃんに登場してもらいましょう」

と声を張りあげ、カーテンがするすると開いた。ちょっぴりはにかんだ様子の美冬が階段を降りてきた。ピンクのワンピースを着ている。

するとひな段に座っていたお笑いタレントさんたちが、いっせいに大声をあげた。

「ヤバー、かわいー」

「わぁー、本物だ」

「〝ゴクゴク天使〟だー」

美冬は、とまどった風を見せながらも、脚を斜めにして椅子に座る。そうした様子も、もう芸能人という感じだ。

「美冬ちゃん、あのCMのおかげで、いろんなところからすごいらしいわよ」

一緒にテレビを見ていたお母さんが言った。

「CMも他からいくつも来ているし、今度はレギュラーでドラマに出るんだって」

以前だったら彩希の心は穏やかではいられなかったかもしれない。

けれども今の彩希はまるっきり別のことを考えている。こういう番組に出ると、どのくらいお金が貰えるんだろ。

お母さんに聞いてみた。

「ねぇ、ママ、ミユって、こういう時いくらぐらいお金もらうの」

「やだ、彩希ちゃん、急にお金の話して」

お母さんはちょっと嫌な顔をした。

「テレビに出てるっていっても、子どもなんだからほんのちょっぴりだって玲子は言ってたわよ。でもね、CMはわりとお金になるって言ってたっけ」

「ホント!?」

「そう、そう。あの飲料水の時はほんのちょっぴりだったけど、このところＣＭの依頼がいくつも来て、そこはびっくりするぐらい高いって、玲子自慢していたもの」

びっくりするぐらい高いって、いったいいくらぐらいなのか彩希には見当もつかない。

そして彩希にまた日常が戻った。ふつうに学校に行き、土曜日に劇団に行く。先生も事務所の人も、映画について何も言わない。きっと彩希が傷ついていると思っているに違いない。

そんなある日、お父さん役だった倉持さんから家に電話がかかってきた。

「あのね、今度の日曜日、高坂さんのところにお見舞いに行くけど一緒に行かない？」

「えー、私が行ってもいいんですか」

「うん。実は高坂さんがどうしてもサキちゃんに謝りたいって。あんなに一生懸命やってくれたのに、映画にならなくて申しわけないって」

「そんな……」

高坂さんは一生懸命やってくれたのだが、病気になったのだから仕方ないと思う。

「あの、お母さんに聞いてみます」

「そうだね。お母さんがＯＫだったら一緒に行こう」

けれどもお母さんはあまりいい顔をしない。

「結局映画は完成しないんでしょう。私はね、彩希ちゃんを大人のトラブルに巻き込みたくないのよ」

「高坂さんをお見舞いするのが、どうして大人のトラブルに巻き込まれることなの？」

「だってそうじゃないの。急にプロダクションが倒産したりしてさ……。何だかよくわからない世界よね」

結局お母さんも一緒に行くことになった。

倉持さんは時々テレビドラマにも出たりするので、お母さんはちょっとわくわくしている。


病院のロビーで待ち合わせをした。お母さんは倉持さんに、羽田空港のロビーで一度挨拶をしている。それなのに、

「はじめまして」

なんてとんちんかんなことを口走った。

「いやぁ、遠いところを申しわけありません。僕がお呼び立てしてしまって」

紺色のジャケットを着ている倉持さんはとてもカッコいい。通り過ぎる人がちらちら見ている。やっぱり芸能人ってすぐにわかるんだ。

八階に上がり病棟の個室をノックした。ややあって「どうぞ」という声がした。

高坂さんはひとりでベッドに寝ていた。一ヶ月前とは別人のように痩せている。

「サキちゃんとお母さんが来てくれましたよ」

ありがとうと高坂さんは手を上げた。

「こんなことになっちゃって、本当にすまない」

「そんなことないですよ」

彩希は花束を渡した。さっき花屋でお母さんが見つくろってくれたものだ。その時、

「きっと病室に花瓶があると思うわ」

と言っていたのであるが、二つある花瓶は既にふさがっていた。

「じゃあ、ナースステーションに行って花瓶借りてくるわね」

お母さんが外に出て行った後、高坂さんがじっと彩希を見た。とても痩せて目が

澄んでいる。

「高坂さん、早く元気になって映画完成させてくださいね」

「それがね、サキ、僕はどうも難病らしいんだ。手足がうまく動かなくなる病気でね、何十万人に一人らしい」

「そんな」

「映画、どうにかして完成させたいんだけどとてもむずかしくなった。お金、あとひと息だったんだけど」

「ひと息って、どのくらいなんですか」

「子どもがそんなこと知らなくていいよ」

「でも知りたいんです。教えてください」

「そうだな、いろいろかき集めたけど、あと二千万円足りないな」

「二千万円！」

途方もない金額だ。ふつうの人のお給料の何倍分か彩希は見当もつかない。

「映画全体から見ればたった二千万なんだ。僕が元気ならば、きっと集められたお金なのにこんな病気になってしまった。倉持君に役を引き継いでもらおうと思ったんだが、うまく断られてしまった」

「だって高坂さん、僕は役者ですよ。お金の工面なんか無理ですよ」

「わかってるよ。わかってる、わかってるよ」

高坂さんはとても苦しそうに天をあおいだ。

その時、信じられないぐらい楽しかった福岡での日々がぱっと頭に浮かんだ。町の旅館にみんなで泊まって、朝から晩まで撮影した。共演した人たちとは、本当の家族のようになったっけ。

照明さんも音声さんも、助監督さんも、ひとつの映画をつくるために、心をひとつに合わせた。それなのにどうしてその映画が途中で終わってしまうんだろう……。

「高坂さん、そのお金があれば映画は完成するんですか……」

「あぁ、何とかね」

「だったら私が、お金を集めて絶対に映画をつくります」

ハハハと高坂さんと倉持さんは声を立てて笑った。

「そうだね。サキ、お願いするよ」

高坂さんはやさしく彩希を見つめた。

「僕の代わりにプロデューサーになってくれよ」

「わかりました。私、高坂さんの代わりにお金を集めて、きっと映画を完成させます」

彩希がそう言った時、花瓶に花を入れて持ってきたお母さんがドアを開いた。

「まあ、どうしてみんな笑ってるんですか」

その夜、彩希はイトコの美冬にメールを打った。

「ねぇ、どうしてもお願いしたいことがあるの。至急会ってくれない？」

しばらくたってからメールがあった。

「何？　色紙とかサインだったら、伯母ちゃんからママに言って。ちゃんと書くから」

「そんなんじゃない。もっと大切なこと」

「誰かに会ってくれっていうのやだよ。このあいだから友だちがそんなのばっかり」

「違います。私の人生にかかわること」

「サキはいつでも大げさなんだから。この頃、私、学校にマネージャーさんが迎えにくる。だから会うのむずかしい」

「だったらテレビ局の楽屋にでもどこでも行くよ」

「わー強引。じゃあ明日の四時、ヤマトテレビの楽屋に来て。中に入れるようにしとくから」

学校の帰り、彩希は電車に乗ってテレビ局に向かった。ここに来るのは初めてではない。前にドラマのオーディションを受けに来たことがあるのだ。あの時は劇団の事務所の人が引率してくれた。でも今日は一人だ。

受付の綺麗なお姉さんのところへ向かう。

「今日出演の山崎美冬さんのところへ来たんですけど」

こういうことがハキハキ言える自分が不思議だ。テレビ局に来てもまるっきり緊張することはない。やはり映画に出てから自分は変わったと彩希は思う。

お姉さんは書類のようなものにさっと目を通し、

「それでは六階のタレントルームにいらしてください」

と一枚のカードをくれた。それは通行証になっているのだ。

それを機械に通すと、バーが上がって通ることが出来た。エレベーターに乗る。セーラー服姿の彩希をみんなはまるで気にとめない。子役がやってきたと思っているのだろう。

六階のタレントルームに行くと、ここにもまた受付があって、綺麗なお姉さんが並んでいる。

「山崎美冬さんはどこですか」

「はい、こちらの右手、６０４号室にいらしてください」

右に曲がるとドアがずらりと並んでいた。歩いていると右のドアが開いて、背の高い男の人が出てきた。

「あ、鈴木英太《すずきえいた》だ」

今、人気ナンバー1の俳優さんだ。彼が出ているドラマは確かこのテレビ局だった。彼は撮影が終わったのか、ジーパンにサングラスをかけ、デイパックを肩にかけていた。後ろから付き人のような若い女性が付いてくる。いかにもテレビ局らしい華やかな光景で、彩希は胸がドキドキした。

「６０４」のドアをノックする。はーい、と男の人の声がした。ドアを開けるとなかなか広い部屋で、美冬が鏡に向かって髪を直しているところだった。もちろん自分ででではない。帽子をかぶった男のヘアメイクさんが、アイロンで美冬の髪をひっぱっている最中だった。その傍にはスーツ姿の若い男の人がいて、台本をぱらぱらめくっていた。声を出したのはこの人のようだ。

「君がサキちゃん？」

笑いかけてくれたけれど、目はまるっきり笑っていないと彩希は思った。

「あ、この人、マネージャーの森田さん」

鏡に向かったまま美冬が紹介してくれた。

「はじめまして」

「よろしくね。サキちゃんって、イトコっていうけど、あんまり似ていないよね」

これってかなりむっとくる言葉だ。

「でもサキちゃんもお芝居の勉強しているんだって?」

〝も〟ってどういう意味なんだろうか。しかし意外にもその場を救ってくれたのは美冬であった。

「やだー、森田さん、サキはもう映画に出てるって話したじゃない」

「そうか、そうか、確か関監督のだよね。すごいね。イトコ同士でもうデビューしてるなんて」

なんだか急に愛想めいたことを口にし始めた。

「いつかうちの美冬と共演できるといいね。イトコ共演ってきっと話題になるよね」

なんだかこの男の人が、彩希はすっかり嫌いになってしまった。それに秘密の話もあるし……。

「ミユ、ちょっと二人きりになれないかな」

「えー、だってもうじき本番なんだけどぉ」

「五分間でいいんだ」

「じゃあ、ちょっと席はずしてあげる」

と言ったのはヘアメイクさんだ。

「五分たったら戻ってくるから」

そう言ってマネージャーを促した。

「あのさ、サキちゃん。美冬に無理な頼み事しないでね。美冬、この頃大変なんだよ。小学校の時の同級生から、わーって連絡来て、会ってくれ、サインくれってね。美冬は今いちばん大変な時なんだから」

と彼は不満そうに出ていった。

ドアが閉まる音がするなり、彩希は美冬に向かって、ずうっと考えていた言葉を吐いた。

「ねえ、ミユ、お願い。お金、貸して」

「えー、何、それ」

「あのね、私が出てた映画、プロダクションが潰れちゃってそれっきりなの。でもあと二千万円あれば映画は完成するの」

「ちょっとォ、それマジで言ってるわけ？」

美冬はすっかり呆れ顔だ。

「そんなお金、私が持ってるわけないじゃん。私なんかさ、子役扱いだからギャラなんかほんのちょっぴりだよ」

「だって、この頃ＣＭの依頼いっぱいなんでしょう。ＣＭ出るの、すごいお金がもらえるって聞いたよ」

「あのさァ、彩希、何か誤解してるみたいだけどね」

頭のてっぺんにカーラーをひとつつけたまま、美冬は彩希の方に向き直った。こうして見ると、しばらく会わないうちに美冬がすごく綺麗になっているのがわかる。ナチュラルな化粧だけれど、細く入れたアイラインやふわっとしたチークが本当に芸能人という感じだ。

「私、いま事務所に入ってて、完璧にお給料制なの。額は知らない。ママが管理しているから、教えてくれないし。だけど本当にちょっぴりだよ。私なんかまだ新人なんだし、お金なんかあるわけないじゃん」

「じゃ、ミユ、どうやってお金をつくればいいと思う？」

「そんなの、私が知ってるわけないじゃん」

美冬は大きな声をあげた。

「彩希おかしくない？　久しぶりにやってきたと思ったら、いきなり二千万貸せとかさ。ふつうドン引きでしょ」

本当にそのとおりだ。しかし彩希は必死だ。

「だってね、ミユ。私の初めての映画が途中でダメになっちゃうんだよ。あと二千万円あればちゃんと完成するんだよ」

美冬のピンク色にマニキュアが施された手をぎゅっと握った。

「ねえ、ミユもプロデューサーになって」

「プロデューサー？」

「高坂さんってプロデューサーは今病気なの。お見舞いに行ったら言ったのよ。プロデューサーは、もうサキに任せるからって」

「えー、プロデューサーってえらいおじさんがなるもんじゃん」

「でも私がやることにしたの。ねえ、ミユも一緒にプロデューサーになって。そして二人で映画を完成させようよ。そうしたら、映画でエンドロールの最後に……」

彩希は空で字をなぞってみせた。

「プロデューサーとして、私たちの名前が出るんだよ。山崎美冬、平田彩希。それってものすごくカッコいいと思わない？　この映画の大恩人になるんだよ、私たち」

彩希はもう一度、きつく美冬の手を握った。

「二人でお金を集めようよ」

「え、どういうこと」

「ミユがCMに出ている飲料水の会社とか、お菓子の会社から、百万、二百万ってお金を借りればいいじゃん」

「ちょっと待ってよ」

美冬はきりっとした顔になった。

「あのさ、プロデューサーになるっていうのちょっと面白いかもと思ったけどさ、私がそこまでするワケ？　そんなのおかしいじゃん。だってさ私、彩希のつくった映画に出てるわけでもないしさ、関係ないじゃん」

「だったら出ればいいじゃん」

「えっ」

「私、いろいろ考えたんだ。あの映画は完成してないんだよ。映画は編集っていうのをして、初めて出来上がるんだって。ミユもバラエティ番組に出てるからわかるでしょ。ここ、いらない、と思うとこカットしてるじゃん」

「うん、うん」

「映画も同じなんだよ。これから監督さんがいらないところを切ったり、どっかとつなげたりするんだよ。だからさ、ミユの場面だけ急いで撮ってもらえばいいじゃん」

「そんなこと出来るのかな」

「出来るよ。だって今、ミユってすごい人気じゃん。それに私たち……」

「プロデューサーだし」

二人は同時に笑い、そしてハイタッチした。


大きな会社だった。美冬がCMに出ている飲料会社だ。

受付のお姉さんのところへ向かうと、

「あら、ミユちゃん」

と目を丸くしていた。

「ごめんなさい。なれなれしくって。でもうちの会社、ミユちゃんだらけでしょう」

本当にそうだ。受付の後ろにも、美冬のポスターがずらーっと貼られていた。

「本物の〝ゴクゴク天使〟さんにお目にかかれて嬉しいわ」

「ありがとうございます」

美冬はちょっと照れた。

「あの、宣伝部の渡辺さんとお約束してるんですけど」

「はい、ちょっとお待ちくださいね」

お姉さんは電話をかけ、やがて体格のいい若い男の人がやってきた。

「やあ、美冬ちゃん、久しぶりだね」

「こんにちはー。渡辺さん。会えて嬉しーい」

二人は結構仲よしのようだ。

「あのね、私たち、ＣＭの撮影でずーっと沖縄行ってたから。あ、こっち、私のイトコの彩希です」

「こんにちは、平田彩希です」

「渡辺と言います。よろしく」

名刺をくれた。そこには「宣伝部」とだけあった。課長さんでも部長さんでもないらしい。

「八階の社員食堂でいいかな。今の時間ならお茶も飲めるし、人もあんまりいないし」

「うん、そこにする」

美冬はお兄さんに甘えるように、渡辺さんにぴったりついていった。

エレベーターで上に行く時も、何人かの社員が乗り込んできて、美冬のことをじろじろ見る。

「あっ、〝ゴクゴク天使〟だ」

声に出す人もいた。あたり前だ。これだけポスターが貼ってあるんだもの。

社員食堂のカフェの椅子に座ると、渡辺さんが二人にジュースを持ってきてくれた。

「それで、美冬ちゃんの言ったこと、よく考えてみたんだけどね」

どうやらもう話はついているらしい。

「一応部長には話したんだよ。そうしたらびっくりして。だけど面白いんじゃないかって話になったんだ。正直、三百万円ぐらいはうちの会社にはどうってことのない金額だよ。だけど部長が心配しているのは、美冬ちゃんは事務所に入っているんだから、うちの方で勝手にそんなことをしていいのかってことだよね」

「やっぱり、うちの事務所通さないとまずいですかね」

「そりゃそうだよ。大きなお金が動く話だからね。そこはちゃんとしといた方がいいと思うよ」

美冬と彩希は顔を見合わせた。

芸能界のことはよくわからないけれども、確かにルールはある。彩希の入っている劇団にしても、事務所を通さずにどんな小さな仕事もしてはいけないということになっている。児童劇団でさえこんなに厳しいのだから、たくさんのお金が入ってくる美冬のプロダクションなら、もっと大変なことがあるに違いない。

しかし、彩希の口からこんな言葉が出た。自分でもびっくりするぐらいすばやくだ。

「でもこの資金集め、ミユはタレントとしてではなく、プロデューサーとしてやっているんです。だから事務所とは関係ないと思います」

「プロデューサーねぇ……」

渡辺さんは腕組みした。

「そうです。私たち、ちゃんとプロデューサーに言われたんです。これからは君たちがプロデューサーだって。二人で力を合わせて映画を完成させてくれって」

「本当かなァ」

「本当ですよ」

美冬が唇をとがらせた。

「私、彩希からこの話を聞いて、本当にちゃんと映画をつくりたいって頑張ってるんです。だから渡辺さん、お願いします。江田部長と話をさせてください」

「そりゃあ、江田部長は美冬ちゃんが大のお気に入りだから、電話すればすぐにここに来ると思うけどさ……」

「お願いします」

彩希は頭を下げた。

「私たちの映画がかかってるんです」


「ミユ、やったね」

「彩希、すごいじゃん」

二人で喜び合った。

「ねぇ、あとどんなところがお金出してくれそう？」

「私が風邪薬のCMやってる製薬会社は、すっごくお金あるみたいだよ。あそこなら五百万円くらい出してくれるような気がする」

「五百万円……すごすぎて現実感がまるでないよ」

「もらうわけじゃないよ。映画が出来て、お客さんいっぱい入ったら返すお金なんでしょう」

「そうだよ」

「だったら気がラクだよ。五百万円ちゃんと出してもらおう」

「そうだね」

二人はそれぞれのベッドに腰かけて、今後のことをメールで語り合った。


三日後、学校帰りに待ち合わせて彩希と美冬は大手町《おおてまち》にいた。大手町なんていうところにきたのは初めてだ。ここに大きな製薬会社がある。美冬はここのイメージガールをしているのだ。このあいだと同じように、二人は受付のお姉さんのところへ行った。

「あの、宣伝部の柴田さん、お願いします」

「はい。美冬ちゃんですよね」

お姉さんはにっこりと笑った。やっぱりこの会社の人は、みんな美冬のことを知っているのだ。

やがてスーツ姿の男の人がやってきた。飲料会社の人よりもかなり年をとっている。

「あの人、部長さんよ」

美冬はそっとささやいた。

「やあ、美冬ちゃん、久しぶりだね。先月の撮影以来だね」

ニコニコ笑いかけるのは、あの人と同じだ。

「あの時はお世話になりました」

美冬はぴょこんとお辞儀をした。

「こっちは私のイトコの平田彩希といいます」

「よろしくお願いします」

「えっ、マネージャーさんと一緒じゃないの」

柴田さんはちょっとびっくりしている。

「私たち、今日はちょっとお願いがあってやってきたんです」

「えー何だろう」

柴田さんは不思議そうな顔をしながら、二人を応接室に連れていってくれた。応接室は十二階にあり、窓からは東京の景色がよく見える。いかにも大企業という感じだ。

制服を着た綺麗なお姉さんがお茶を運んできてくれた。

「それでお願いって何？」

「実は私たち、お金を集めているんです」

美冬と彩希は映画のことを説明した。何か見せるものがあった方がいい、と二人で考えた末、彩希は「宿題に使うから」と、お父さんのパソコンで計画書をつくったのだ。

「これを見てください」

柴田さんの前に置いた。

「私たち、プロデューサーとしてお願いしにきたんです。どうかこの映画のために出資してください」

柴田さんは彩希がつくった計画書に目をやり、そして笑い出した。

「アハハ、何、これ。何かのゲームなの？」

「いいえ。私たちは本気なんです」

　と彩希。

「どうしても二千万円っていうお金をつくらなきゃいけないんです。そして映画を完成させたいんです」

「あのね、こんなことは君たち子どもがやることじゃないよ。大人にまかせておけばいいんだよ」

「でも前のプロデューサーは入院中だし、あとは私たちに任せるって言ったんですよ」

「でもね、こんなのは無理。絶対に無理だよ。馬鹿げてる」

　柴田さんは手をふった。眼鏡の奥の目がだんだん真剣になってくる。

「あのさ、美冬ちゃん、こんなこと言われて、ホイホイお金出す大人は、まずいないと思うよ」

「そんなことないと思います。このあいだ行ったスカイ飲料の宣伝部の人は、三百万円出してくれましたから」

「何だって？」

　柴田さんは本当にびっくりしている。

「本当なの？　それ」

「ええ、こういうのも面白いかもって」

「うーん」

柴田さんは腕組みをした。

「あのね、あそこは出来てそんなにたっていない新しい企業なの。だから何でも出来る。だけどうちは違うんだよ。大正時代に出来た古い会社だからね」

「そうなんですか」

「だからいくら美冬ちゃんに頼まれたからって三百万円出す、なんていうことは絶対に無理」

いいかい？　と柴田さんは口調を変えて言った。今までよりずっと厳しい言い方だ。

「美冬ちゃんもタレントとして、ちゃんと事務所に属している。その事務所を通り越して、自分一人でスポンサーのところにお金を借りにくるってどうなんだろうか」

このあいだも飲料会社の人が同じことを言ってたっけ、と彩希は思い出す。美冬もちょっとまずいと考えたのだろう。

「お金を借りにきたんじゃありません。出資を頼みにきたんです。私たちはプロデューサーなんですから」

「バカなことを言うもんじゃない」

今度は本当に怒り声だ。

「美冬ちゃんも彩希ちゃんも、これから芸能界で生きていくんだろ。だったらこんなことをしちゃダメだよ。お金はとっても大切なものだ。こんなわけのわからないことに大人を巻き込むのはいけないよ。さぁ、帰りなさい」

美冬はもう泣きそうになっている。


帰宅後、美冬からスマホに電話がかかってきた。

「今日はかなりヤバかったかも。あの柴田さんって、CMの撮影現場にいつもおいしいものを差し入れしてくれる優しいおじさんなんだよ。それなのにギャーギャー怒ってさ。なんかイヤになっちゃった」

「おじさんだから仕方ないいんじゃないの」

「そうかもね。次はさ、もっと若い人に頼もうよ。面白がってくれるしさ」

「どんなところがあるの。ミユ、確か四つCMに出てるんだよね」

「うん、あとは洗剤のCMにも出てるよ」

「あの『お陽さまに、いいにおい届くよ』ってやつでしょ」

「そう、あそこの宣伝担当の人は優しいからきっと大丈夫だよ」

「そうかァ。このあいだと同じ三百万ぐらい出してもらえるといいよね」

「そうだね」

「じゃあバイバイ。また相談しようね」

「オーケー」

スマホを切った後、彩希は少し宿題をし、友達から借りたコミックを読んだ。これは今とても人気があって、もうじき映画になるという。彩希はこのコミックの主人公が大好きだ。パティシエを目指して頑張る女の子を、いつか自分が演じてみたいなあ、と考えたりする。

その時、廊下を歩く足音がしたかと思うと、ノックもなしにドアがパッと開いた。お母さんだった。

「彩希、ちょっといらっしゃい!」

リビングルームに行くと、お父さんが座っていた。テレビが消されていたので、彩希はかなりイヤな予感がした。

「彩希、今日美冬ちゃんといったいどこに行ったの!」

「大手町だよ」

「中学生のあんたが、どうして大手町に行ったのよ」

「うーん……。ミユがＣＭに出てる会社に一緒に遊びに行って……」

「そこにお金をねだりに行ったんでしょ！」

お母さんは急に大きな声を出した。

「さっき玲子から電話があったわよ。宣伝部の人から美冬ちゃんの事務所に電話があって、それから玲子のところにも伝わって、さっき話を聞いてびっくりしたわ」

「このことは、彩希、お前が言い出したのか」

お父さんも、とても怖い声を出した。

「うん、そうだよ」

「もう児童劇団なんかやめなさい」

お父さんはきっぱりと言う。

「ちょっと映画に出たからって、こんな浮かれた気持ちになるんだ。もう金輪際、演技だ、芝居だ、なんて言ったら許さないからな」

「違うよ。ちゃんと話を聞いてよ」

彩希は叫んだ。

「私はちゃんと映画を完成させたいの。ただそれだけだよ。お金はもらいに行ったんじゃない。出資してもらうためだよ。これは映画づくりでは当たり前のことなんだよ」

それから大きな声で言った。

「だって私はプロデューサーなんだもの」

「プロデューサー？」

「そうだよ。映画をすべて仕切って完成させる人だよ。高坂プロデューサーからはっきり言われたもの。だから私は一生懸命やったんだよ。これからだって一生懸命やる」

そう言ったら涙がぽろぽろ流れてきた。お父さんとお母さんはあっけにとられた顔をして彩希を見ていた。

彩希は劇団をやめるように言われたけれど、必死に抵抗して休みということになった。美冬は両親からはもちろん、事務所のマネージャーや、社長さんからものすごく怒られたそうだ。

「スカイ飲料さんの三百万は返しなさいって言われたから、私、絶対にイヤだって言ったの。これは私たちに貸してくれたものでしょう。私たちとスカイ飲料さんとで話し合いますって。もしそれがダメだったら、私、芸能界やめるって言っちゃった。そうしたら……」

美冬はちょっと笑った。売れっ子の美冬にやめられたら大変と、社長さんは大慌てだったらしい。

その結果、スカイ飲料に三百万円を返し、美冬の事務所が映画に必要なお金を貸してくれることになったのだ。

「それも残り全部!」

美冬は家電メーカーのCMが決まったばかりだというのだ。

「私たち怒られちゃったけど、ちょっとは前進したのかもしれないね」

彩希はしみじみと言った。

「ちょっと、ちょっと彩希ちゃん!」

お母さんが大きな声で呼んでいる。リビングルームに行って本当にびっくりした。なんと彩希の顔がアップで映っているのだ。

「監督、これがプロデューサーの平田彩希ちゃんですね」

女のアナウンサーの声がした。その後、

「それからもう一人は、皆さんよくご存じの山崎美冬ちゃん。今、ＣＭやバラエティで超売れっ子のタレントさんですね」

画面が戻ると、そこに関監督の姿があった。アナウンサーが質問している。

「二人はイトコ同士なんですよね」

「そうなんです。そして二人とも『旅をする人』に出演しているんです。山崎美冬ちゃんにとっては、映画初出演です」

えー、彩希がちょっと話しただけのことなのに、監督はもうテレビで堂々と説明している。いいんだろうか。

「とても話題になりそうな映画ですよね。私、脚本を読ませていただきましたけど、認知症のおじいさんを家族で支える、とてもいい作品だと思いました。それなのに、完成がむずかしいなんて、とても残念なことですよね」

「そうなんです」

監督が悲しげに目を伏せると、その下に「山崎美冬、中学生二人で、なんとプロデューサーに挑戦」というテロップが流れた。

「この映画は大人がだらしないんで、制作が途中で止まってしまいました。本当にもうひと息のところだったんです。そうしたらそれにがっかりした平田彩希ちゃんが言ったんです。監督、あといくらお金があったら映画は出来上がるの、って。だから僕は二千万円って教えました」

あれ、そう言ったのは高坂プロデューサーじゃなかったっけ。彩希は驚きのあまり、何が何だかよくわからなくなってしまっている。

「それで平田彩希ちゃんは、イトコの美冬ちゃんと一緒に、出資金を集め始めたんですよね」

「ええ、僕も彼女たちにそんなことが出来るとは思いませんでした。だから気楽に、ああ、プロデューサー頼むよ、なんて言ったんですよ」

「そうしたら本当にお金を集め始めたんですね」

「ええ、このあいだ二人から連絡があって、五百万円集めたって聞いて、僕はとび上がりましたよ。本当に彼女たちはやってくれたんだって……」

監督はハンカチで涙をぬぐった。

「それにしてもすごいですね。中学生が五百万円だなんて」

「映画を完成させたいって思いが、彼女たちを動かしているんですよ。僕は反省しましてね。もうお蔵入りになっても仕方ない、なんて一瞬考えた自分が本当に恥ずかしいですよ。これからは大人が頑張らなきゃいけないと思いました」

「それにしてもいいお話ですよね」

若い女性アナウンサーが大きく頷く。

「映画をつくる情熱に、大人も子どももないんですねぇ」

「そうですとも」

「この二人の中学生の頑張りが、僕たち大人を動かしてくれたんですよ」

ここでＣＭが入った。

「これってどういうこと？」

とお母さん。

「あのね、もう一回映画をつくるって、関監督が言ってくれてるんだよ」

彩希は嬉しくてたまらない。さっそく美冬に電話をかけた。けれども、

「私、知らない。テレビ見ていなかったもの」

ときょとんとしている。

「今ね、監督がテレビで言ってたんだよ。二人の中学生プロデューサーに感謝するって。集めたお金は五百万って、ちょっと話を盛《も》ってたけど。これからは自分たちが頑張って、ちゃんと映画を完成させるって」

「ふうーん。そんなこと言ってたんだ……」

「ミユ、嬉しいね。私たちの初めての映画が出来るんだよ」

「そうだね」

「これもミユのおかげだよ。ミユがこんなに人気者じゃなかったら、こんな風にはならなかったと思うよ」

ミユ、本当にありがとう、と彩希は何度も言った。すっごく可愛くて芸能界デビューしたイトコなんてウザいと思っていた。嫉妬もしていた。だけどみんな美冬のおかげだ。人気者の美冬がみんなを動かしてくれたんだ。

「本当にありがとう」

私の映画のために、と言いかけてそれはやっぱり言ってはいけないような気がした。


中学生が映画のプロデューサー、そのうち一人は山崎美冬というのは、大きな騒ぎになった。彩希はよく知らないけれど、美冬のプロダクションがすべて出資してくれることになったのだ。

「ねぇ、彩希。私たちって絶対に利用されていたよね」

「えっ」

「だって中学生にさ、プロデューサーやらせるなんてそもそもおかしいじゃん。中学生がお金を集める、ましてや私が加わったら、絶対にマスコミがやってくるって予想してたんだよ」

「そうかなァ」

「そうだよ。もうバレバレだよ」

こういう時、美冬と自分とは違う場所にいるんだなあ、とつくづく思う。児童劇団という半分教育目的のところと違い、美冬は有名なタレント事務所に所属し、もう芸能界の中を泳ぎ始めているのだった。

その彩希と美冬は今、世田谷の撮影所の中にいる。『旅をする人』の脚本は、約束どおり変更され、美冬の場面が加えられることになったのだ。

こんなシーンである。

認知症となった祖父を慰めるため、一家は筑豊の炭鉱町へと行く。そこの廃校に迷い込んだ孫娘は、謎の美少女に会うのだ。

教室のセットに二人は立っている。

美少女「あの炭鉱町、私も住んでいるのよ」

孫娘ナツミ「嘘。あの炭鉱はずっと前に閉鎖になったって聞いたわ」

美少女「いいえ、そんなことないわよ。だって私、あの町からこの学校に通っているの」

孫娘ナツミ「そんなのありえない。ここは廃止された中学校。通う子どもなんか誰もいないはずよ。だって扉が板で打ち付けてあった」

美少女「いいえ、もうじき授業が始まるもの。ほら、チャイムが聞こえるでしょう」

　美冬が遠いところを見上げるようにする。

「はい、カット」

　監督の声がかかった。

「はい、カットです」

「カットいきまーす」

　そのシーンは終わったということで、スタッフたちがざわざわと機材を片付け始める。彩希はここで出番が終わるが、美冬はそうではない。これからおじいさん役の俳優さんとからむシーンを撮るのだ。

　認知症のおじいさんは、いつしか過去の世界で遊ぶようになる。かつて通っていた中学校で、幻想の少女に会う。美冬はその少女役だ。

　照明が整うまでの間、美冬はヘアメイクさんに髪を直してもらったり、衣装さんにセーラー服の点検をしてもらったりしている。その光の中にもう彩希はいない。離れた暗い場所で、これから撮影が始まるのを見守っている。

いつしかお父さん役の倉持良さんが隣に立っていた。

「サキちゃん、本当にありがとう」

「いいえ、そんな」

あわてて手をふる。

「サキちゃんがお金集めてるって聞いた時、恥ずかしかったよ。どうして僕たち大人がしなかったんだろうって」

「それは私の初めての映画だから」

「でもサキちゃん、ちょっと可哀想だったね」

残りの資金のすべては、美冬の事務所が出すことになった。その代わりに事務所は、脚本の大幅な変更と、美冬のシーンをたくさん要求したのだ。その結果、彩希の出ているシーンはかなり削られてしまった。

「でもこういう力関係、サキちゃんはこれからもいっぱい経験すると思うよ。イヤだけどこれが芸能界だからね」

「でもいいんです」

彩希は近いようで遠くにいる、ライトの中のイトコに目をやった。

「私はお芝居が出来ればいいんです。そのことがよくわかったんです」

「そりゃそうだ」

「映画が出来ると思うと、お金集めるのも楽しかった。私、決めたんです。お芝居やる人になるって。ゆっくりとゆっくりとなるって。だってまだ大人になるまで、随分時間ありますものね」

そりゃそうだと倉持さんは再び頷いた。


映画が公開される前から、彩希は学校で人気者になった。

「平田彩希ってどんな子？」

上級生も昼休みに、のぞきにくるようになった。サインを頼まれることもあるが、これははっきりと断る。

「私、学校でそういうことをしないんで」

それを見ていた〝一軍〟の誰かが、またＬＩＮＥで悪口大会をしているらしい、「エラそうに」というのだ。

そうかと思えば、ある日突然莉子から声をかけられた。

「ねえ、平田さん、今度の日曜日、一緒にディズニーランドに行かない？」

〝一軍〟の子たちとディズニーランドに行く、これはクラスの女の子だったら、かなり心惹かれることだ。

しかし彩希は断った。

「ごめんね、私、日曜日は劇団に行かなきゃいけないから」

「あっ、そう」

これでまたＬＩＮＥで悪口大会になるだろう。けれど、彩希はもう気にしないことにした。

あの人たちは、彩希のことが気になって仕方ない。気になるけれど、自分たちの仲間にすんなり入らないので腹立たしいのだ。

「ねえ、ねえ、聞いた」

桃香が教えてくれた。

「土田さんって、全国作文コンクールで優勝したらしいよ。すごいことだって、今度朝礼で校長先生が発表するらしい」

「へえー」

「あの人って、いつも本ばっかり読んでるクラい人だと思ってたけど、やるじゃん」

「本当だね」

彩希は視線を土田さんの方に走らせる。土田さんはいつもとは違ってとても自然に楽しそうに本を読んでいた。

そして、気づいたのか、顔を上げた。彩希を見てにこっと笑う。

彩希はようやくわかった。

学校でいちばん強いのは、かわいいコや頭のいいコじゃない。〝一軍〟のコでもない。学校以外の世界を持っているコなんだ。自分だけのスポットライトを浴びるコなんだ。

本書は二〇一六年九月にポプラ社より刊行されました。

私のスポットライト

林真理子

2023年4月5日　第1刷発行

発行者　千葉 均
発行所　株式会社ポプラ社
〒102-8519　東京都千代田区麹町4-2-6
ホームページ　www.poplar.co.jp
フォーマットデザイン　bookwall
組版・校正　株式会社鷗来堂
印刷・製本　中央精版印刷株式会社

N.D.C.913/195p/15cm　ISBN978-4-591-17776-1

P8101466